이허_{異許}와 저저_{這這}의 밤

이허裏許와 저저這這의 밤

초판 1쇄 인쇄 · 2023년 3월 15일
초판 1쇄 발행 · 2023년 3월 20일

지은이 · 박기눙
펴낸이 · 한봉숙
펴낸곳 · 푸른사상사

주간 · 맹문재 | 편집 · 지순이 | 교정 · 김수란, 노현정 | 마케팅 · 한정규
등록 · 1999년 7월 8일 제2-2876호
주소 · 경기도 파주시 회동길(서패동) 337-16
대표전화 · 031) 955-9111(2) | 팩시밀리 · 031) 955-9114
이메일 · prun21c@hanmail.net
홈페이지 · http://www.prun21c.com

ISBN 979-11-308-2018-7 03810
값 18,500원

푸른사상
산문선

49

이허^{裏許}와 저저^{這這}의 밤

박기웅 산문집

푸른사상
PRUNSASANG

낱말을 찾고 문장을 고르다가 문득 그들을 만났습니다.

오랫동안 알고 지낸 이들처럼 반갑더군요.

한참 잘 놀았습니다.

밤이 깊습니다.

신독(愼獨), 자약(自若), 적멸(寂滅)의 날은 언제일까요?

또 다른 이허(裏許)와 저저(這這)를 기다립니다.

글을 짓겠습니다.

2023년 정월
야음동에서 박기눙

차례

이허와 저저의 밤

이허와 저저의 밤

1부

밤

더 그레이트 뷰티

움직이는 버스 안에서 잠시 휘청거린다. 뒤에 앉은 여인이 내 팔을 잡아준다. 이어 여인은 내 가방을 들어 자신의 무릎에 얹는다. 잠시 어색한 실랑이. 허나 그 여인의 승리. 가방을 맡긴 나는 여인을 흘끔거린다. 버스에서 노래가 흐른다. 정훈희의 〈꽃밭에서〉. 가수의 고음에 내 감정이 함께 실린다. 외롭다는 낱말이 떠오른다. 창밖으로 눈길을 돌린다. 흐린 빛에서도 가로수들은 짙푸르다. 이번엔 보사노바가 섞인 노래가 경쾌하게 흐른다. 정류장을 안내하는 멘트가 나오자마자 나는 여인의 무릎에서 가방을 거두어 들고 내리는 문 쪽으로 걸음을 뗀다.

조명이 꺼진 극장은 다른 세계로 데려다주는 신비한 마술의 문처럼 여전히 달콤하다. 몇 개의 영화사 로고 화면을 보여준 후 영화는 시작된다. 셀린의 『밤의 끝으로의 여행』의 한 구절, 여행의 허무함과 삶의 허구를 일깨우는, 삶은 죽음을 향해 나아간다는 글귀가 뜬다.

햇살이 좋은 오후, 한 발의 축포가 울린다. 건물 위에서 사람들이 손뼉을 친다. 카메라는 주변을 부감으로 훑으며 지나간다. 웅장한 기사상이 우뚝 선 사원. 뭔가 꽤 유명한 듯한데 모르겠다. 감독이 의도를 가지고 장치를 해놓은 장면을 알아채지 못해도 영화는 계속된다. 외국 배우가 하는 말도 그렇다. 하나의 의미 전달 도구로서가 아니라 그저 영화의 한 장치처럼 들릴 때가 있다. 의미로서의 언어가 아닌 말, 외국어는 자막으로 내게 다가오지만, 의미를 아는 모국의 말보다 더 강렬하게 남는다. 중얼거리는 말도 완벽하게 번역하는 것은 오로지 자막의 힘이다. 자막은 오글거림도, 문어체의 어색함도 잊게 한다.

근엄한 표정의 흉상이 보이고 합창단의 맑은 노랫소리가 울려 퍼지고 몸피가 두툼한 남자가 분수로 다가와 허리를 굽히고 손을 씻는다. 연이어 설명을 듣다 일행을 빠져나와 사진을 찍던 일본 관광객이 햇살 아래 쓰러진다. 여전히 아리아가 울려 퍼지는 순간, 외마디 비명을 지르는 여자를 클로즈업하면서 영화는 본격적으로 등장인물을 보여준다. 흥청거리는 파티. 솜브레로를 쓴 멕시칸이 기타를 연주하면서 지나간 자리에 라틴 음악이 휘돌아 흐르고 댄서에게 집적대는 남자, 스트립댄서가 화면에 가득하다. 음악에 맞춰 사람들이 몸을 흔들어댄다. 비비적거리는 커플을 지나 쉬운 안무에 맞춰 군무를 추는 가운데 초로의 신사가 축하를 받으며 나타난다. 주인공인 젭이다. 끈적이는 키스와 계속되는 춤사위 속에 거하다 벗어난 주인공. 그를 정지화면처럼 잡은 채 목소리가 흘러나온다. 노인들의 집

　　　　　　　　　　　　　　　이허와 저저의 밤

에서 나는 냄새를 가장 좋아한다는, 자신은 감수성을 타고났고 작가가 될 운명이라 말하는, 젭 마르데달라가 될 운명을 되뇌는 그의 눈길은 파티장을 떠나 다른 곳을 찾아 공허하게 흔들린다.

파티가 끝나고 아무도 없는 곳을 난쟁이가 서성인다. "누구 없소?"를 외치지만 대답하는 이는 아무도 없다. 스트립댄서가 춤을 추던 스테이지로 들어가는 난쟁이. 환한 조명이 사방을 밝힌 직육면체 상자 같은 스테이지. 난쟁이는 기괴할 만큼 그곳과 어울리지 않는다. 늘씬한 몸을 흔들던 공간은 금세 인간의 몸이 주는 의미를 극대화한다. 내 몸이 어울리는 자리는 어디인가. 나는 내 몸이 어울리는 자리에 서 있는가. 짧은 생각들이 휘리릭! 곧바로 장면은 전위예술 공연을 잠시 보여주고 이내 젭이 퍼포먼스를 끝낸 예술가를 인터뷰하는 장면으로 바뀐다. 젭은 예술가에게 '진동'의 뜻을 묻고 늘어진다. 허나 예술가 저도 모르는 의미를 캐낼 수는 없는 법. 모양만 그럴듯한 전위 예술가는 눈물을 흘리고 때로 심술을 부리고 협박하지만 젭은 아랑곳없이 고스란히 그 상황을 기사에 담는다. 인터뷰 전문을 들고 편집장(앗, 파티의 끝을 떠돌던 그 난쟁이다.)과 의견의 일치를 보고 수프를 먹고 신나게(?) 떠든다.

영화는 이후에도 시종일관 허위에 대해, 고독에 대해, 아름다움에 대해 많은 상황을 살피고 이야기한다. 작가로 태어났지만 작가로 살아가지 못하는 젭의 편에서 끊임없이 '그레이트 뷰티'가 무엇인지 고찰한다. 판타지와 회상이 적절하게 섞이고, 냉소와 유머가 함께해 영화는 자연스레 인생의 높낮이와 예술의 깊이를 넘나든다. 첫사랑이 죽었다는 소식을 듣고 달려가지만, 시간이 되풀이되지 않듯 잃어버린 사랑은 돌아오지 않는다. 수녀와 아이들의 뜀박질도, 희생의 삶을 역설하는 친구에게 면박을 줘도, 친구의 딸과 아픔을 같이해도 젭의 마음은 채워지지 않는다. 글을 쓰지 않는, 소설을 쓰지 못한 지 사십여 년이 흐른 초로의 작가는 과연 거듭날 수 있을는지 영화의 스포일러는 여기까지!

영화를 본 후 집을 향해 걷는다. 걷다 보면 꽤 많은 생각이 고인다. 새로 생긴 가게가 눈에 띄기도 하지만 예전부터 터 잡은 가게가 눈에 띈다. 지난번에 읽은 간판, 봤던 상호들이 또 새삼스럽다. 많은 간판과 길들을 아마도 내 맘에 새기지 않은 까닭은 이곳을 아직 내 둥지로 여기지 않음이리라. 낯선 곳을 익숙하게 만드는 데는 시간이 답이다. 허나 어떤 지역이나 공간이 더 이상 낯설지 않고 파악할 필요가 없는 곳이 되면 그때부터 감정이 공간을 먹어버린다. 젭의 공간이 떠오른다. 사교계의 왕이 되고자 했던 젭은 왜 계속 공허했을까. 그건 아마도 하고픈 일을 하지 못해서였을지도. '그레이트 뷰티'가 사라진 세상, 이제 좋은 게 없는 세상에 내놓을 글이 무엇이란 말인가.

인터넷 검색을 한다. 겹치는 자료에 시원한 답은 없다. 군무를 하는 노래가 〈라 콜리타〉라는 것과 배우의 이름과 감독이 꽤 젊다는 것을 알았지만 내가 느낀 감정을 공유할 만한 자료는 없다. 하긴 누구의 생각에 기대어 내 느낌을 간직하는 게 옳은 일은 아닐 터. 잠시 눈을 감고 떠오르는 영화의 장면을 되새긴다. 가난을 서약한 늙은 수녀가 바닥에 웅크리고 자던 장면과 고니를 닮은 새를 향하던 그녀의 날숨을 기억한다. 난쟁이가 뇌까리던, "나는 평생 어린아이의 눈높이로 세상을 바라봤다."는 말이 떠오른다. 굿바이를 외치던 음악이 귓가를 스친다. 득의만만한 젭의 마지막 표정도 함께 내 곁을 둥둥 지나간다.

뭔가를 쓰고 싶은 욕망이 올라온다. 그저 묵묵히 기본을 지키며, 처음의 마음을 기억하면 외롭지 않으리.

대수 3

미국 드라마 〈왕좌의 게임〉에는 '대수'라는 직책이 나온다. 대수가 된 이는 왕의 오른팔을 뜻하며 손가락 모양을 본뜬 브로치를 가슴에 꽂고 다닌다. 대부분 대수는 왕의 최측근으로 권력과 오욕을 함께 누리는 인물이다. 드라마는 결국 대수였던 이의 판단으로 왕을 세우고 다시 새로운 왕의 대수가 되는 것으로 끝이 났다. 절대 권력자였던 대수가 내각처럼 보이는 몇몇 인물에게 다소 밀리는 장면이 이어졌다. 대수가 대중에 섞이는 그 장면에서 나는 왠지 의회민주주의가 싹트는 것 같은 묘한 느낌을 받았다.

오늘만 대충 수습하고 산다는 뜻을 가진 이름이라 했던가. 오대수는 영화 〈올드보이〉의 주인공 이름이다. 그는 이름과 달리 영화 주인공 중에 꽤 성공한 캐릭터이다. 알다시피 영화는 전혀 대수롭지 않은 상황, 평범하지 않은 인물로 가득하다. 영화의 끝부분, 결국 인생 전체를 수습하지 못하고 오대수는 파국으로 치닫는다. 영화의 막

이허와 저저의 밤

바지, 대수의 얼굴을 클로즈업한 장면은 요즘에도 가끔 생각나는 장면이다. 또한, 대수라는 이름은 영화 〈올드보이〉를 꿰뚫는 열쇠 말처럼 보인다.

여기 또 한 명의 대수가 있다. 물 좀, 밥 좀, 술 좀 달라 외치다 소주나 한 잔, 두 잔, 석 잔 걸치는 하루아침을 노래한 가수, 한 시대를 풍미했고 지금은 뉴욕에 사는 대중 가수. 한대수이다. 우연히 한대수 이야기를 찍은 음악 다큐멘터리를 봤다. 많이 알려졌다시피 한대수는 영화 속 오대수 버금가는 인생을 살았다. 영화 속 대수는 자신의 작은(?) 일탈 행위로 인생을 저당 잡혔지만, 한대수는 시대의 역사와 맞물려 부서져내린 아버지를 둔 까닭에 신산한 인생을 맛본 경우이다. 앨범 〈멀고 먼 길〉에 나오는 그의 구겨진 얼굴은 지금 봐도 낯설다.

한대수는 인생의 돌림길을 지난 어느 날, 옥산나와 결혼해서 딸 양호를 두었다. 서울 생활을 마감하고 뉴욕으로 돌아가 딸과 함께한 사진에서 대수는 행복한 얼굴이다. 그는 항상 웃는다. 껄껄 소리를 내며 웃는다. 얼굴부터 허리까지 움직이며 웃는다. 탁하지만 유쾌한 그의 웃음소리는 노래를 부를 때 목소리와 묘하게 닮아 인간적인 매력을 부추긴다. 또한, 인터뷰하는 도중 한대수가 잘 쓰는 말은 '양호하다'는 낱말이다. 좋다는 말 대신에 꼭 양호하다는 낱말을 뱉는다. 왜 그의 딸 이름이 '양호'인지 알 것 같다.

나는 입술에 관심이 많다. 두툼하고 아래로 축 처진 내 입, 그저 입술을 다물었을 뿐인데 사람들은 내가 화난 것처럼 여긴 적이 많다. 오해 아닌 오해를 씻느라 괜히 입가를 올리며 웃었던 적도 많다. 사진을 찍을 때 이를 드러내 웃는 것도 입술 때문에 생긴 버릇이다. 그러다가 문득 왜 그래야 하는지 스스로 무색해지고 말았다. 이를 드러낸 내 모습이 타인처럼 낯설고 가식적인 것처럼 보였다. 그 이후부터 사진 찍을 때 이를 드러내지 않기로 굳게 작정했다.

한대수의 입술은 일자다. 얇고 가늘다. 그 입술로 뭐든 또박또박 자신의 관점을 말한다. 거침없지만 그 속에 많은 뜻이 담긴 말을 알아듣기 쉽게 말한다. 입술 어귀까지 찰랑대는 그의 머리칼은 적당히 헝클어져 그의 자유로움을 표현한다. 또한, 주름이 생긴 그의 눈은 얼굴 뒤에, 얼굴 속에 감춰진 동그란 구 모양의 윤곽이 보인다. 눈가에서 시작한 동그라미는 눈자위 밑까지 이어져 안구의 크기를 짐작할 만큼 뚜렷하다. 가끔 안경을 쓰는데 동그란 안경이 더 동그랗게 보이기도 한다. 무엇으로도 대체 불가한 그의 모습에 왠지 모를 안도감이 밀려온다. 그가 노래했듯이 무명 무실 무감한 님과 같은, 바람과 같은 인생을 지녀보고 싶은 마음이 솟는다.

가끔 한 노래를 종일 들을 때가 있다. 예전 이소라의 노래 〈바람이 분다〉를 들었고 요즘에는 〈바람과 나〉를 그렇게 듣는다. 가사를 적어 낮게 읊조리며 따라 부르기도 한다. 무명, 무실, 무감한 님을 노래한 대수의 마음을 알 듯 모를 듯 짐작하기도 한다. '무'로 시작하는 낱말의 깊음과 덧없음에 감동한다. 시를 읽으며 노랫말을 지었다는 그의 노래를 들으며 시의 위대함을, 인생을 파고드는 문학의

이허와 저저의 밤

파장을 다시 한번 절감한다. 끝, 끝없는 바람, 자유의 바람을 노래하는 그의 노래는 누군가 내게 전화를 걸었을 때 들리는 벨소리가 되어 귓가에 맴돈다.

불타오르다

덥다. 6월을 기다렸다는 듯이 태양은 세상을 달구기 시작한다. 태양은 세상의 제왕이라 생각한 적이 많다. 햇볕이 뜨겁게 내리쬐는 여름 한낮, 거리를 걸어가면서 문득 그렇게 느꼈다. 누구도 태양을 온전히 피할 수 없기에. 잠시 피하고 잠시 거스르고 잠시 달아나지만 결국 빛과 마주하기에 그랬다. 더 뜨겁게 다가올 태양왕의 휘하를 어떻게 버텨야 하나. 아득하기만 하다. 견딘다는 낱말은 내겐 여름과 더 어울리는 낱말이다. 태양보다 더 뜨거운 젊음을 견딘 종수가 생각난다. 종수는 알다시피 이창동이 감독한 영화 〈버닝〉의 주인공이다. 나는 종수를 잇달아 두 번 만났다.

개봉하고 난 다음 날이었음에도 관객은 별로 없었다. 아니 극장이 텅 비다시피 했다. 러닝 타임 148분, 종수, 해미, 벤의 행적을 쫓아다닌 시간. 느리게 내리는 빗속을 걷듯 영화에 젖어들었다. 종수가 해미네 분식집을 찾아가 우물 이야기를 하는 장면에서 괜히 울

이허와 저저의 밤

컷. 마치 영상으로 소설을 읽는 느낌. 소름이 끼치도록 꼼꼼한 영화 소품, 거리 풍경, 다양한 시퀀스. 그중 특히 종수가 입은 허름한 티셔츠는 그야말로 영화 속 캐릭터 종수 그 자체였다. 개츠비 운운하면서 해미와 종수가 담배를 피우던 장면을 보다가 불현듯 문학 잡지에 실렸던 시인과 웹툰 작가의 화보 장면이 떠올랐다. 화보를 실은 이후, 웹툰 작가의 비정상적인 행동이 알려져 적잖이 시끄럽던 사건이 영화 속 장면을 보자마자 휘리릭 지나갔다. 감독이 그 사건을 염두에 두었던 구도였는지는 모르겠다. 그저 나 혼자만의 느낌일지도 모른다. 역시 이창동 감독의 영화는 영상으로 쓰는 소설 같은 느낌. 다시 영화판으로 돌아온 그가 반갑고 고맙다.

집으로 돌아오는 길, 영화 속 파주처럼 비가 내렸다. 각자의 느낌을 나눈 짧은 시간. 차창 밖으로 보이는 봄밤은 더할 나위 없이 그윽했다. 이튿날이 되어도 영화 생각이 자꾸 났다. 영화의 여러 장면이 떠올랐고 생각이 고였다. 먹자줏빛 하늘을 날던 까마귀 떼, 흔들리는 잎사귀들, 불이 다 타서 재가 되듯 안쓰럽던 해미의 춤, 언제나 입을 벌리고 숨을 쉬던 종수. 특히, 벤이 하품을 하던 장면은 그 어떤 대사보다 힘이 센 시퀀스라는 느낌. 또 하나, 종수에게 우물의 존재를 알려준 종수 엄마의 연기는 꽤 인상 깊었다. 소음처럼 쓴 음악, 언뜻 나타난 거리의 택배차, 오토바이 따위에 괜히 감동. 느려서 약간 지루했던 중반부. 해미를 추궁하는 종수의 대사는 여자를 소비하는 남자들의 고정된 눈길, 비뚠 관심을 고스란히 드러내기에 충분했다.

그 후 열흘쯤 후에 다시 영화 〈버닝〉을 봤다. 물론 두 번 본 영화가 이번이 처음은 아니다. 배우 윤정희가 미자로 나와 시를 찾아 헤매던 영화 〈시〉도 두 번 봤다. 둘 다 이창동이 감독한 영화다. 유독 그의 영화를 찾아서 보는 편은 아닌데 묘한 일이다. 극장에서 똑같은 영화를 되풀이해서 보는 일은 재방송을 보는 일과는 다르다. 처음에 눈에 띄지 않던 상황이 보이고 대사가 들리고 음악이 들린다. 감독이 곳곳에 숨겨놓은 영화적 장치들을 찾는 일도 재미있다. 이번에도 마찬가지였다. 대사가 없다고 생각하던 종수 아버지는 대사가 무려 두 번이나 있었고, 처음에 볼 때는 벤 역할을 한 연상엽이 배역에 더 어울린다 생각했는데 두 번째는 종수의 유아인이 오히려 눈에 띄었다. 종수의 처연함은 배가되었고 벤의 코는 너무 뾰족해 보였다. 지루했던 중반의 흐름은 오히려 긴장감으로 반전되었다. 음악, 빛, 대사들은 또 보고 싶을 만큼 여전히 좋았다.

파국의 결말을 다시 지켜보는 일은 범인을 알고 읽는 추리소설 같았다. 그 세밀하고 정교한 과정 하나하나를 되짚어보는 재미가 쏠쏠했다. 영화 속 실제가 이런 것이라고 보여준 해미의 방, 종수네 집, 종수 아버지의 재판, 거듭 눈에 띄는 장면이 너무나 많다. 이장이 칭하는 '정다운' 이웃이 궁금하고, 해미네 집 주인 노파가 마스터키를 쓸 때 주저하는 모습 또한 좋았다.

수년 만에 만난 아들 앞에서 저승사자 같은 돈 이야기를 하는 종수 엄마의 헛헛한 웃음, 그럼에도 종수 엄마는 해미가 빠졌던 우물, 곧 메마른 우물의 존재를 증언한다. 정체를 드러내지 않는 '개츠비'

이허와 저저의 밤

들이 득실대는 세상, 종수는 번호로 아르바이트생을 부르는 현장을 박차고 나온다. 인형 놀이를 하듯 여자를 갈아치우는 벤의 하품은 종수의 품 안에서 마침내 그 페이스를 멈춘다. 벤의 포르쉐를 뒤쫓고, 소멸할지도 모를 비닐하우스를 찾아 새벽길을 달리는 종수의 거친 숨소리는 왠지 종수의 악몽이 끝나가는 메시지처럼 들렸다.

해미의 참을 수 없는 잠과 사라지고 싶은 욕망은 노을과 어둠이 겹치는 시간에 머무르다 소멸한다. 성적인 욕망조차 혼자 해결해야 하는 청춘들, 내레이터 모델이 하소연하던, 어떤 행동을 하든 질타를 받는 여자들의 현주소는 가장 안타까운 현실이었다. 귤의 부존재를 잊을 때 찾아오는 귤의 존재처럼 허망했다. 해미를 사랑하는 자신의 속내를 정작 해미 앞에서는 드러내지 못하는 종수의 비겁함은 또 다른 아픔이었다.

북향인 해미 방을 파고든 빛줄기는 찰나의 시간을 허락할 뿐이다. 종수는 해미의 방에서 그 찬란한 빛을 봤다. 그 빛줄기의 힘으로 종수는 해미를 찾아 끝까지 뒤쫓고, 고양이 밥을 주고, 결국 벤의 행각을 멈추게 했으리라. 깨지고 박살이 난 현실, 그럼에도 그레이트 헝거를 꿈꾸지 않을 수 없는 까닭도 찰나의 빛줄기 덕분일지도 모른다. 종수를 기억하는 동안, 거실에 가득했던 빛이 서서히 물러갔다. 태양빛의 제왕이 다스리는 세상, 왠지 이번 여름은 잘 견딜 수 있을 것 같다.

까짓 함께 불타오르면 되겠지.

채움의 시간

혼자서 연주하는 독주의 아름다움은 시간이다.
독주의 선율은 홀로 비틴 시간의 다른 이름이기 때문이다.

둘이서 함께 하는 2중주의 미덕은 배려다.
서로를 챙기는 눈길에서 둘의 소리가 더욱 빛나기 때문이다.

셋이서 내는 음의 이름은 화음이다.
어울릴 줄 아는 아름다운 음들이 모여들기 때문이다.

네 개의 소리가 어우러지는 4중주는 채움이다.
줄달음질치는 퍼스트 바이올린을, 쫓는 세컨드 바이올린의 숨
가쁨을,
둘 사이에서 울리는 비올라의 새된 비명을 묵직한 첼로의 저음
이 채워줘야

이허와 저저의 밤

비로소 소리가, 음악이 완성되기 때문이다.

한가위가 드디어 지났다. '드디어'라는 부사를 붙인 까닭은 아마도 지독하게 더운 올여름을 겪은 뒤에 찾아온 중추절이어서도 아니고 다른 때보다 더 둥글고 커다랗던 보름달 때문도 아니다. 초승달 때부터 시장을 종종거리며 누볐을 모든 이들에게 보내는 찬사의 의미다. 무거워지는 마음 때문에 달이 차오르는 것을 외면하고 싶은 때도 있었으리라. 성가신 마음에 이맛살도 찌푸렸으리라. 하루가 다르게 차오르는 달을 미워하는 마음도 들었으리라. 그렇지만 추석날, 어김없이 남쪽 하늘 높이 솟아오른 보름달을 올려다보지 않았을 이 또한 없으리라.

달빛으로 꽉 찬 밤하늘을 보면서 문득 얼마 전에 본 영화 〈마지막 4중주〉가 생각났다. 음악에 대해, 특히 클래식에 대해 알고 보면 훨씬 의미가 남다를 것만 같은 영화였다. 글자를 안다고 글을 이해하는 것은 아니듯이 말이다. 영화는 네 명으로 이루어진 25년 된 '푸가' 현악 4중주단의 이야기다. 사랑 이야기도, 그렇다고 음악으로만 채워진 영화는 아니다. 사랑과 눈물과 배신과 분노가 적절히 음악에 섞였다. 어울려 연주를 해야 하는 사람들의 이야기여서 그런지 서로 간섭과 개입이 제법 많은 이야기였다.

원칙주의자인 대니얼(제1바이올리니스트)에겐 끊임없이 들이대는 어린 사랑이 있다. 그녀는 바로 같은 현악 4중주단인의 일원인 로버트 부부의 딸이다. 대니얼에게 딸을 빼앗긴 로버트(제2바이올리니스트)는 주먹을 휘두른다. 연습 시간은 엉망이 되었다. 줄리엣(비올리스트)은 어린 딸의 반항과 남편의 부도덕한 행동에 절망한다. 넷을 이끄는 늙은 스승이자 리더인 피터(첼리스트)조차 파킨슨병을 얻어 투병중이다. 떨리는 손가락과 희미해지는 기억 때문에 피터는 중주단을, 음악을 내려놓아야 할 처지였다. 호수와 공원을 꽁꽁 얼린 추위만큼이나 단원들의 마음은 차갑게 굳고 멀어져갔다.

갈래갈래 찢어진 4중주단. 쉬운 게 하나 없다며 한숨을 쉬는데 영화는 훌쩍 뛰어넘어 결말, 마지막 연주 장면을 보여준다. 관객으로 가득한 홀. 네 명의 연주자가, 현악 4중주단인 푸가의 단원들이 입장한다. 바이올린이 번갈아 울리고 비올라가 음을 잡고 첼로 소리가 홀을 채워 나간다. 음악과 이별을 준비하던 피터의 손가락이 멈춘다. 곱은 손가락은 첼로를 타지 못한다. 연주가 멈춘다. 침묵. 그를 바라보는 단원들의 눈가에 눈물이 어린다. 관객을 향해 피터는 일어선다.

베토벤 현악 4중주 14번은 7악장이라고, 중간에 끊김 없이 연주해야 한다고, 하지만 여기서 그쳐야, 여기까지라고 말한다. 피터의 마지막은 의연해서 더 찡했다. 관객과 함께 연주를 듣는 피터의 미소가 그윽했다. 영화가 끝난 후 흐르는 음악. 베토벤 현악 4중주 14번은 온몸으로 몰려왔다.

보름달을 향하던 내 눈길이 곁에 선 이들에게 옮겨간다. 형님의 오똑한 콧날엔 아직도 달빛이 환하다. 셔터를 누르는 조카의 어깨는 아직도 들썩인다. 아이의 고개는 한껏 젖혀져 있다. 남편의 눈길과

이허와 저저의 밤

내 눈길이 마주친다. 우리의 입가엔 어느덧 미소가 흐른다. 내년에 아니 후년에 우리는 어디에 있을까? 오늘처럼 함께 달맞이를 할 수 있을까? 동요를 함께 흥얼거리며 웃을는지 궁금해진다.

구름이 몰려와 달을 덮는다. 먹빛 하늘에 달무리가 어린다. 구름에 숨었던 달이 얼굴을 드러내자 밤하늘이 다시 환해진다. 가슴을 그득 채운 달빛은 그동안 드리운 마음의 그늘을 말끔히 씻고도 남으리. 초승달이 반달을 지나 배를 부풀려 보름달이 되듯이 우리의 마음은 둥실둥실 달처럼 솟아오른다. 독주의 시간을 견딜 힘, 배려를 배울 여력, 아름다운 음들을 골라낼 혜안으로 채워지는 밤이다. 달 밝은 밤은 계속 이슥하다. 보름달도 아직 여전하다.

너무 시끄러운 고독

'너무 시끄러운 고독', 체코의 작가 보후밀 흐라발이 쓴 소설 제목이다. 누군가의 추천을 받아 읽기 시작한 책인데 읽다가 푹 빠져버렸다. "태양만이 흑점을 지닐 권리가 있다."라는 괴테의 글귀가 맨 먼저 눈에 띈다. 130여 쪽, 얇은 이 책의 주인공은 삼십오 년 동안 폐지 더미 속에서 일하는 이다. 시대가 바뀌고, 세상의 잣대가 바뀌어서 혹은 주인이 버린, 쓸모없는 책들은 폐지가 되어 주인공 한탸가 일하는 지하실로 쏟아져 내린다. 주인공 한탸는 녹색의 거대한 압축기 곁을 지키면서 '뜻하지 않게' 교양을 쌓는다. 생쥐와 파리 떼가 들끓고 시궁창 물이 튀는 지하실에서 주인공은 어느 것이 내 생각이고 어느 것이 책에서 읽은 것인지 구분하지 못하는 상태로 계속 일한다. 일을 마치고 맥주를 마시는 일을 거르지 않은 한탸의 발걸음을 따라가는 일은 어느새 가슴 벅찬 일이 되어 내 손길을 이끈다. 이토록 매력적인 글을 쓴 작가를 이제야 알게 되다니, 내 얇은 독서

이허와 저저의 밤

이력이 부끄럽다.

한 달에 한 번 독서회에 간다. 한 권의 책을 읽고 생각을 나누는 독서회는 내게 그리 낯설지 않은 모임이다. 소설을 쓰기 이전부터 지금까지 계속하는 활동 중의 하나인 까닭이기도 하지만 책을 읽는 일은 여전히 내게 필요하고 즐기는 활동이기 때문이다. 독서회원은 쏟아지는 각종 신간, 세대를 넘나드는 고전, 장르를 막론하는 매력적인 책 중에서 함께 읽을 책을 추천한다. 세대와 취향과 책 읽기 능력(?)이 다른 사람들이 두루두루 만족할 만한 책을 고르는 일은 그러나 쉽지 않다.

대개 다수결로 정하는데 일 년 동안 읽을 장르와 분야를 미리 정해 되도록 골고루 읽으려 애를 쓴다. 회원이나 지도 선생이 추천하고 다수결로 정하는 경우가 많은데 그 과정에서 회원의 면면이 드러나기도 한다. 자신이 추천한 책이 선정이 되지 않을 때 혹은 그 반대인 경우의 자세가 다른 것은 당연하다 해도 타인이 추천한 책을 다 읽지도 않고 불평을 하는 경우는 난감하다. 개인적으로 읽고 싶지 않아도 모든 책에는 숨은 매력이 있게 마련인데 섣부른 판단을 막을 도리가 없다. 책의 호불호는 독서회 활동을 지속적으로 하지 못하는 까닭이기도 하고 책의 편식을 막는 지름길이기도 하다.

작년 우연한 기회에 독서회 지도를 맡았다. 독서회원으로만 활동하다가 갑자기 지도를 맡은지라 처음에는 걱정이 많았다. 하지만 한 달에 한 번 한 권의 책을 읽고 함께 생각을 나누는 식의 익숙함만 믿고 시작했다. 내가 맡은 독서회는 활동 경력이 그다지 길지 않은 모임이지만 회원 간의 단합과 추진력은 어느 모임 못지않다. 임원들과 회원이 애를 쓴 덕분에 한국출판문화산업진흥원이 주관하는 독서 동아리 활동 지원 사업에 선정되어 도서 구매비와 문화 활동비를 지원받기도 했다. 함께 읽은 책이 쌓이고 모임 횟수가 거듭되니 정이 듬뿍 들어 모임 하는 날을 꼽을 정도가 되었다. 몇 가지의 토론 주제를 정해 모임 전에 알리고, 토론하는 날을 기다리는 일은 요즘 같이 어수선한 시국에 맛보는 남다른 즐거움이기도 하다.

작년에 이어 올해도 함께하게 되었다. 독서회 지도 강사 계약서를 쓰면서 문득 지도 강사라는 직함이 새삼스러웠다. 집에 돌아와 지도라는 낱말 풀이를 찾아보니 '일정한 목적이나 방향으로 가르쳐 이끎'이다. 일정한 목적이나 방향으로 이끌다니 문득 지도라는 낱말에 스민 힘, 권력이 보인다. 문득 권력자가 되는 일은 어쩌면 사소한 일을 오랫동안 이끄는 일일지도 모른다는 생각이 스친다. 그런 이가 되지 않기 위해서 올해까지만 지도 강사를 해야겠다고 다짐한다. 또한, 더불어 작금의 시끄러운 시국에 지친 요즘, 뉴스를 당분간 끊어야겠다고 마음먹은 일이 비겁한 일이었다는 사실을 깨닫는다. 새로운 뉴스를 끝까지 살피고 결말을 잊지 않아야겠다고 생각한다.

35년 동안 폐지 압축기 곁을 지키던 고독한 인간 한탸가 다시 떠오른다. 그에게 권력자 소장은 으름장을 놓으며 백지를 꾸리는 작업장으로 가라고 한다. 활자 속에서 얽혀 살던 그에게 백지를 꾸리는 작업장이라니! 늙은 노동자 한탸는 여자 친구인 만차를 만나고,

이허와 저저의 밤

애달픈 이별을 한 집시 여자를 떠올리고, 맥주를 거푸 들이켠다. 하지만 그는 도덕경을 읊조리고 칸트처럼 하늘의 총총한 별과 마음속 도덕률에 전율하는 대신 마지막 몸짓을 하고 만다. 그의 결단에 마음이 쿵 내려앉는다. 첫 장의 문장을 다시 읽는다. 결말을 알고 읽는 책의 맛이 씁쓸하지만, 끝 맛은 달콤하다. 이 정도의 맛은 다음 달 독서회 모임에 한탸를 소개해도 좋을 만큼의 알맞은 달곰씁쓸함이 다. 책장을 덮는 내 손등 가득 봄 햇살이 살포시 앉는다.

말과 침묵 사이

　인간의 말이 세상에 넘치고 넘쳐 어지러운 시절, 신들이 모여 회의를 했다. 세상을 조용하게 만들 방법을 연구했다. 어떤 신이 문자를 주자고 이야기했다. 문자로 소통하는 동안 침묵하지 않겠느냐는 희망 섞인 말과 함께. 또한, 말은 흩어져 없어지지만, 문자는 그 반대이니 말이 없어지고 침묵이 가득 찰 것이라는 말도 덧붙였다. 인간에게 문자를 주느냐 아니냐를 두고 격론이 이어졌다. 말이 넘쳐흐르는 인간에게 문자까지 준다면 세상이 더 시끄러워질 거라는 의견과 문자를 줘서 그들을 침묵시켜야 한다는 의견이 팽팽하게 맞섰다. 고심 끝에 신들은 인간에게 문자와 침묵을 함께 주기로 했다.

　허나 시간이 흘러 인간은 침묵을 거세해버리고 말을 뱉으면서는 현재를, 문자로는 기록을 남기는 수단으로 삼으면서 과거와 미래를 다스리기 시작했다. 세상은 또다시 수많은 말과 문자로 들끓었다. 신들은 다시 회의를 위해 모였다. 한숨이 오고가는 신들 사이로 오

　　　　　　　　　　　　　이허와 저저의 밤

랫동안 침묵이 흘렀다.

여러 사람이 모여 이야기를 나누는 자리, 처음에는 차례대로 소개도 하고, 전체를 향해 이야기하다가 점차 삼삼오오 옆의 사람과 대화를 시작한다. 옆 사람, 혹은 건너편 사람과 청중과 화자를 넘나들며 열심히 말을 주고받는다. 그러다가 자리가 무르익으면 연설(?)을 하는 이가 생긴다. 그 사람은 목소리를 높여 제 주장을 말하고, 다른 이의 동의를 구하기도 전에 섣부른 저만의 결론을 내리며 목소리를 높인다. 그가 문득 말을 멈춘 순간, 이름 모를 정적이 모두를 감싼다. 어색한 분위기를 알아챈 그는 멋쩍은 듯 웃다가 또 다른 연설을 준비하듯 눈알을 이리저리 굴린다.

'여러 사람 앞에서 자기의 주의·주장이나 의견을 진술함'이라는 연설의 사전적 뜻풀이를 굳이 들먹이지 않아도 연설은 평상시 우리가 말을 하는 형태는 아니다. 그럼에도 나는 가끔 내 앞에서 하는 다른 사람의 넋두리가 연설처럼 들린다. 청중도, 논조도, 부르짖음도 전혀 없는 그들의 말에서 왜 나는 연설의 낌새를 느끼는 것일까? 아마도 그들이 쉼 없이 말을 해서는 아닐는지, 말과 말 사이에 침묵이 필요한 때를 놓칠세라 끝없이 낱말을 잇고 문장을 늘이는 탓은 아닐는지 생각한다.

'오래된 미래'라는 말과 책을 아는 이는 많을 것이다. 언어학자이자 사회운동가인 헬레나 노르베리 호지가 히말라야 서부의 오지, 우리가 바라는 미래가 오래전에 시작되어 현재까지도 이어지는, 이른바 유토피아처럼 보이는 작은 마을 라다크를 지켜보고 쓴 책이다.

그녀가 이곳을 소개한 이후, 라다크는 몸살을 앓고 급기야 상업화의 물결에 휩쓸리는 아픔을 겪기도 했다. 가끔 그녀가 침묵했더라면 어땠겠냐는 생각이 든다. 그녀도 나중에는 후회했다지만 라다크의 고요는 그녀의 발설과 기록으로 깨지고 부서졌다고 해도 과언이 아니다. 그녀 덕분에 우리는 '오래된'이라는 낱말과 '미래'를 합쳐 긍정적으로 쓰는 기쁨을 누리고 잊고 살았던 이상적인 미래를 다시 발견했지만, 그녀 탓에 다가온 라다크의 생활과 미래는 오롯이 당겨지고 망가졌으니 말과 침묵의 중심을 잡는 일은 참 어렵다는 생각이 든다.

단단한 바위도 원래 흙먼지였던 것처럼 침묵과 말은 바위와 먼지만큼 먼 듯 가깝다. 어린 시절부터 나는 하고 싶은 말을 참는 편이 아니었다. 직설적이고 곧이곧대로 내 마음을 표현하기 일쑤였다. 또한, 말을 하지 않는 상대편이 답답했다. 침묵을 지키는 그들은 분명 뒤에서 더한 욕을 할 거라고 섣부르게 짐작하기도 했다. 침묵하는 그들이 비겁한 것 같아 속상했다. 뭔가 명확하게 자신의 의견을 드러내지 않는 이들의 침묵을 이해하지 못했다. 침묵에 눈을 뜬 것은 아마 모임에서 수많은 이들의 연설을 듣고 난 이후일지도 모르고, 아이를 키우면서 속앓이를 한 이후일지도 모르고, 타인이 침묵했던 까닭을 나중에 듣고 나서일지도 모른다. 타인들이 내 연설을 듣는 동안 그들이 결코 내뱉을 말이 없어서 침묵하는 것이 아니라는 것을 지금은 안다. 흙먼지가 쌓이고 쌓여 바위처럼 단단해질 때까지 그들은 말을 삼키고 참았을 뿐이라는 것도 말이다.

이허와 저저의 밤

신들의 결론은 무엇일까? 문자를 없애면 인간은 어떻게 과거와 현재를 기록할까? 말을 없애면 세상은 침묵으로 가득할까? 문자로만 소통하는 세상은 과연 조용할까?

인간에겐 정녕 말과 글자에 담지 못한 마음을, 진심을 전달하는 도구는 없는 걸까? 우리는 정녕 무엇으로 소통하는가?

시간, 기억 그리고 소설

인간은 시간의 축을 따라 산다. 이 축에 한번 발을 디디면 결코 되돌아갈 수 없는 것이 인간의, 아니 자연 만물의 운명이다. 타임머신이라는 기계가 아직 상상 속에만 존재하듯이 인간은 결코 과거로, 혹은 미래를 체험하지 못한다. 다만 우리는 기억이라는 수단을 통해 과거를, 상상을 통해 미래를 짐작할 뿐이다.

인간의 시간은 기억으로 남는다. 상상은 기억에 덧붙이는 꾸밈말일지도 모른다. 기억과 상상은 생각의 다른 이름 같기도 하다. 생각은 인간의 능력 중에 가장 빠른 속력을 가졌으니 어쩌면 기억과 상상은 인간을 초인 혹은 신처럼 만드는 최고의 능력일지도 모르는 일이다. 시간은 기억으로 남고 이 기억을 잡는 이는 과연 누구일까? 소설은 시간과 기억을 박제하고 상상을 보태는 것일 터, 온 힘을 다해 자신의 평생 동안 역작을 쓴 몇몇 소설가는 인간의 능력을 발휘하는 이들 중의 하나라고 감히 주장해본다.

이허와 저저의 밤

언젠가 『오래된 미래』라는 매력적인 제목의 책을 읽으면서 한편으로 미뤄두었던 『잃어버린 시간을 찾아서』라는 프루스트의 책이 떠올랐다. 마음을 굳게 먹고 올해 초부터 프루스트의 『잃어버린 시간을 찾아서』를 읽기 시작했다. '과연'은 '역시'의 친구?! 프루스트의 『잃어버린 시간을 찾아서』를 읽으면서부터 든 생각이고 지금까지도 이 생각은 마찬가지이다. 프루스트가 일생을 걸고 적은 벨에포크 시대의 아름다움은 마치 시간과 존재가 뫼비우스의 띠처럼 앞섬과 뒤섬도, 겉과 안의 경계도 없는 것처럼 끝이 없다. 간혹 섬세하고 촘촘한 묘사는 최명희의 『혼불』과 박경리의 『토지』를 연상케 한다. 셋은 묘하게 닮았고 모두 빼어나다.

풍부하고 섬세한 주석은 책 읽기의 또 다른 혹은 남다른 기쁨이다. 또한, 친절한 주석은 번역한 이의 땀과 믿음을 고스란히 담은 것 같아 저절로 미소를 짓게 된다. 가끔 불친절하게 지난 권을 뒤적여야 하는 수고를 끼치더라도 말이다. 프루스트의 촘촘한 묘사는 따라 읽기가 숨 가쁠 정도로 매혹적이다. 인물에서 풍경으로 다시 인물 간의 상황으로 자유롭게 넘나드는 그의 붓은 부드럽기가 깃털이요, 날카롭기가 바늘이다. 마르셀 프루스트의 『잃어버린 시간을 찾아서』는 내게 바늘에 찔려 송골송골 맺히는 핏방울처럼 선명하고 선연한 시간이었다. 번역자의 빠른 완간을 촉구하려는 마음을 접고 그저 기다리기로 마음을 바꿨다.

드레퓌스 사건의 자초지종을 알았다는 것만으로도 『잃어버린 시간을 찾아서』는 내게 의미를 준다. 어느 시대에나 생길 법한 사건,

지금도 자행되는 부조리한 상황, 드레퓌스 사건을 대하는 그들의 행태를 살피는 일은 동시대를 사는 우리의 현재와 과거를 곱씹게 했고, 또한 읽는 것으로 우리의 미래를 되찾은 느낌이었다. 주인공을 비롯한 여러 인물의 생각은 현대를 사는 우리에게 어떻게 작동할 것인지 궁금했다. 우리 시대를 관통하는 여러 개의 정치적 사건은 어떻게 기록되고 곱씹어질는지? 그 끝을 가늠해보는 것만으로도 그 시절, 프루스트와 만난 것 같은 짜릿함이 일었다.

책을 읽으면 읽을수록 궁금증이 생겼다. 이름난 책답게 참고할 만한 연구 서적도 많았다. 우선 김동윤과 질 들뢰즈의 글을 참고했다. 질 들뢰즈가 분석한 책은 프루스트의 시간과 기억을 찾아가는 지름길처럼 보였다. 미로처럼 복잡하고 여러 갈래인 프루스트의 시대(벨에포크 시대)의 아름다움은 들뢰즈라는 조명 아래 훤히 그 자태를 드러낸다. 살롱의 한구석에 앉아 표정을 숨긴 사교계의 여왕들도 들뢰즈 앞에서 무너졌을 듯싶다. 귀족들도 마찬가지. 그들 안의 스노비즘을 숨길 수 없어 전전긍긍한다. 프루스트가 환생하듯, 아니 그의 뇌를 해부라도 하는 듯 들뢰즈는 세심하고 정교한 잣대로 우리를 프루스트의 기호들의 세계로 이끈다. 그를 따라가다 보면 모든 의문과 희뿌염이 저절로 물러나고 환하게 다가온다. 프루스트의 기호의 끝자락을 사유의 틀로 완성한 들뢰즈의 세계에서 노니는 독서 시간이 행복할 뿐이다. 또한 얇은 분량임에도 김동윤 작가의 촘촘함과 섬세함과 주도면밀함은 탐정의 눈길처럼 매섭고 날카롭기 그지없다. 프루스트를 만나기 전에도 만나고 난 후에도 읽기에 손색없는 길라잡이이자 종착역인 책이다.

역시 프루스트의 기억은 촘촘하기 그지없다. 그의 생각은 박제가 된 채로 활자화되어 우리를 현혹시키고 감탄을 부른다. 당장 마들렌을 먹고 싶기도 했고, 파리로 날아가 샹젤리제 근처 불로뉴의 숲으로 달려가 주인공과 질베르트의 숨죽이던 첫사랑의 숨결을 맡고 싶은 마음이 들었다. 숨은 종탑이 서서히 드러나는 언덕길을 걸으며 읊조리던 노랫소리를 들어보고 싶기도 했다. 주인공이 듣던 아리아와 그림을 찾아 듣는 시간은 또 하나의 즐거움이었다. 이제 첫 시작인 떠난 발걸음은 되찾은 시간까지 쭉 이어질 것이다. 아름답지만 어렵고 장황스러운 프루스트의 문체를 세심하게 살핀 번역자의 글은 너무나 현학적이고 또한 너무 아름답다. 당시의 상황을 살핀 주석은 또한 달콤한 한 잔의 차처럼 그윽하다. 어려운 작업이지만 모쪼록 빨리 완역하는 날이 왔으면 좋겠다. 몇 년이 걸리는 작업이라는 것을 알지만 기다릴 것이고 기대한다. 번역자의 손길과 발걸음에 아낌없는 응원과 환호와 감사를 보낸다.

궂긴

남편 번호가 휴대전화 액정 화면에 뜬다. 출근하고 얼마 지나지 않은 시각, 평상시와 다른 상황에 얼른 전화를 받는다. 남편의 목소리는 평상시와 달리 톤이 낮고 작다. 남편은 궂긴 소식을 전한다. 예전부터 알던 선생이 갑자기 생을 마감했노라 읊조린다. 사는 곳이 다르니 만남이 뜸한 것은 정한 이치, 남편은 언젠가 꼭 만나자 약속했는데 결국 만나지 못했다고 더 아쉬워했다.

궂긴 당사자는 남편의 오래된 벗이자 선생이다. 남편과 나이 차이는 크게 나지 않지만, 남편이 마음으로 챙기는 분이다. 언젠가 남편이, 그 선생은 궁금한 모든 것에 답을 준 사람이라고, 선생을 만나 함께 공부하고 시간을 보내던 그 시절이 정말 행복했노라 말했다. 그런 선생이 갑자기 병을 얻어 이승을 떠났다니 허망하고 애달팠다.

술자리에서 선생은 "복사꽃 능금꽃이 피는 내 고향, 만나면 즐거

이허와 저저의 밤

웠던 외나무다리"로 시작하는 노래를 즐겨 불렀다. 낮은음으로 시작하는 노래는 왠지 선생의 음성과 잘 어울렸다. 외나무다리가 원수가 만나는 살벌한 곳이 아니라 연인이 만나는 반갑고 즐거운 곳이라는 반전은 이 노래의 묘미 중의 묘미라 생각한다. 이후 이 노래를 듣고 부를 때마다 선생이 떠올랐는데 이제 선생의 육성으로는 결코 들을 수 없으니 삶과 죽음의 경계는 참으로 많은 것을 앗아간다.

오래전, 선생이 잠시 부산으로 근무지를 옮겨 지낼 때 일이다. 다른 일로 부산에 갔던 우리 부부는 선생과 만나 동래 어귀쯤에서 복국을 먹었다. 선생은 특유의 능변과 재담으로 자리를 가득 채웠다. 몇 순배 술잔이 돌았을 무렵, 남편과 선생은 장소를 바꿔 술자리를 갖기로 하고 나는 숙소로 돌아왔다. 밤이 이슥해서야 불콰한 낯빛으로 돌아온 남편의 표정은 다른 어떤 때보다 밝고 빛났다. 이후 여러 차례 만남을 할 때마다 선생과 남편은 마음이 통하고 생각이 비슷하고 세상을 살아가는 이치를 탐구하는 동반자처럼 보였다.

남편은 이튿날 조문하러 올라가면서 검정 양복을 마다하고 평상복 차림을 택했다. 뭔가 형식적인 조문보다는 그저 만나서 술 한잔을 걸치고 읊조리듯 노래를 흥얼대던 시절처럼 선생을 만나고 싶었을 게다. 검은 상복으로 이승을 떠나는 선생에게 예를 다하는 것도 중요하겠지만 영원한 이별 앞에서 지루하고 고루한 일상을 깨고 문득 만나는 반가움을 표시하고 싶었으리라. 외나무다리에서 그리운 이를 만나는 심정으로 말이다. 그런 남편의 마음이 고스란히 전해져서 괜스레 코끝이 찡했다. 함께 다녀올까 생각도 했지만 문득 남편에게 혼자만의 시간을 주는 것이 낫겠다는 생각이 들었다. 오가는 동안 아무런 방해도 받지 않고 오롯이 선생을 생각하는 시간으로 채우길 바랐다. 나는 잘 다녀오라는 말로 선생께 드리는 마지막 인사를 대신했다.

태어나서 자라고 병이 들어 죽는 것이 우리네 삶이라지만 누군가 생을 마쳤다는 소식은 여전히 힘이 세다. 인간은 누구나 죽음에 내던졌다고 일갈하던 칸트의 생각을 차치하고라도 생명은 언젠가 쇠하기 마련이고 그 결과는 죽음이니 왜 아닐까.

남편이 돌아오기 전 한 정치인이 목숨을 버렸다는 뉴스가 떴다. 정치 풍운아라느니 굴곡 많은 삶이라느니 저마다 떠든다. 타인의 인생을 재단하는 수많은 말이 무에 소용일까? 부질없고 헛된 일이다. 죽음 앞에서는 침묵이 제일이다. 속으로 생각하는 일이 우선이다. 아무도 대신할 수 없는 죽음 앞에서 언어가, 말이란 것이 얼마나 보잘것없는지 뉴스를 보면서 또 한 번 생각한다. 뭇 정치인들의 말의 잔치 속에서 죽은 정치인은 서로 다른 모습으로 부활한다. 오래전부터 선 곳과 눈길이 달랐다는 것을 아는 이들이 많음에도 말이다.

하고 싶은 노래, 몸담고 싶었다던 연극판을 마다하고 정치를 일삼은 이의 끝은 결국 스스로 삶을 버리는 지경에 이르렀으니 타인의 삶이란 역시 물속에서 흐르는 땀처럼 가늠하기 어려운 것. 문득 노회한 시인이 쓴 시 한 구절이 떠오른다.

이허와 저저의 밤

'나는 망각을 졸업하고 빨랫줄 위의 셔츠처럼 빈손이다.'

선생의 카카오톡 프로필 사진은 여전하다. 디지털 세상에서 아직 선생은 살아 움직인다. 몇 장의 사진을 되풀이해서 보는 일은 그래서 더욱더 궂기다.

밤에 잠을 생각하다

언젠가 왜 잠을 자는지 스스로 묻다가 불현듯 한 생각이 떠올랐다. 태양계에서 지구는 공전하면서 자전한다. 많은 이가 알다시피 그 빠르기가 어마어마하다. 그런데도 사람은 그 정도를 느끼지 못한다. 그 빠르기가 주는 피로감(?)이 잠을 자야 하는 까닭은 아닌지 생각했다. 그 빠르기가 속도이든 속력이든 사람이 감당하기엔 매우 빠르니 그 속도를 느끼지 못할 시간이 필요한 것은 아닐는지, 그 빠르기를 견딜 수 없을 때 잠을 자면서 그 빠르기를 잊는 것은 아닌지 생각했다. 그 예로 나는 자동차 타는 일을 생각했다. 자동차를 타고 다니는 일은 왜 피곤한가. 자전과 공전의 빠르기에 더해 자동차의 속력이 더해지니 사람의 몸이 더욱 감당하기 어렵지 않겠는가. (빠름 속의 더 빠름이 의미가 없다 해도) 인간의 빠르기를 넘나드는 속도후에 잠은 꼭 필요한 행위가 아닐까. 잠을 자면서 꾸는 꿈은 어쩌면 공전과 자전 속에 몸을 맡긴 우리의 뇌가 느끼는 자각 덕분에 생기

이허와 저저의 밤

는 것일지도 모른다. 누군가 웃을지도 모르지만, 가끔 이런 상상을 하는 것이 재미있다. 이런 생각은 역시 밤이라야 제격이다. 생각을 거듭하다 보니 목이 마르다. 부엌으로 나가 개수대 위 선반에서 컵을 꺼낸다.

컵에는 물기가 남았다. 아직 마르지 않은 컵. 컵은 아직 휴식을, 완전한 휴식을 갖지 못했다. 평소보다 늦은 시각에 설거지를 마쳤으니 물기가 마를 만한 시간이 없었을 것이다. 비가 내리는 밤, 컵이 물기를 공중에 버릴 만한 시간. 아니 공기가 물기를 빼앗을 시간을 축축한 비가 허락하지 않았을 게다. 주전자를 기울인다. 주전자에서 물이 흘러나온다. 잠시 물길을 열어주던 주전자의 입은 금세 닫힌다. 컵을 다 채우기도 전에 딸깍거리다 막힌다. 주전자의 물이 넘치는 것을 막아주는 작은 마개 같은 장치 때문이다. 주전자 주둥이에 달린 마개는 먼지가 들어가는 것과 열 손실을 막는 것 외에 물길을 막고 물 끓이는 시간을 짧게 한다. 이 장치를 처음으로 만든 이는 과연 누구일까. 마개가 없는 주전자도 많은 걸 보면 이 장치는 꽤 혁신적이지만 주전자 세계를 다 잡지는 못했다. 모든 주전자 주둥이에 마개가 달리는 날, 그날은 언제쯤 올까. 딸깍이며 제자리로 돌아가는 마개를 열어젖히고 주전자를 다시 기울인다. 어스름 빛에 반짝이는 물결이 언뜻 보인다. 그만 마개를 닫아야 하는 순간이다. 컵에 담긴 물을 마신다. 그 순간 남았던 컵의 물기를 따라 입에 흘러갈 물이 제 갈 길을 잃고 내 입가 옆으로 흐른다. 입속으로 난 길을 거부하고 내 입으로 내 왼쪽 턱으로 한 줄기 물이 흐른다. 손으로 쓱 물기를 닦는다. 아니 물기를 내 손안으로 담는다. 그 물의 양만큼 갈증이 남는다. 아직 보송보송한 내 목젖이 원하는 양만큼 다시 물을 따라 마신다. 밤에 먹는 물은 맛이 다르다.

목마름을 달랬지만 잠은 오지 않는다. 곁에 둔 핸드폰을 꺼내 시각을 본다. 또렷한 숫자가 핸드폰 액정에 뜬다. 우리는 이제 정확한 시간 속에 산다. 핸드폰을 지니면서다. 디지털 시계는 항상 정확한 분 단위 시각까지 알려준다. 예전에는 뭔가 두루뭉술한 시간 속에 살았던 것 같은데 어느 순간부터인가 우리는, 아니 나는 선명하게 찍힌 시각에서 사는 느낌이다. 시각이 궁금해서 들여다볼 때마다 핸드폰은 분 단위 시간까지 알려준다. 세 시쯤, 네 시쯤, 다섯 시가 다 되어가. 아홉 시쯤 만나, 이런 말은 이제는 허용되지 않는다. "지금 몇 시야?" 이렇게 물어도 "9시 28분이야."라고 알려준다. 분 단위로 쪼개 사는 생활 속에서 나는 어떤 여유를 찾아야 할까. 시 분 초 단위로 쪼개야 하는 바쁜 나날은 다 지난 것일까.

밤의 생각을 꽉 붙잡아 문자로, 활자로 기호화하는 이가 작가일까. 끝없이 생각해야 하는 일이 문학일 것이다. 어디 문학만이 끝없는 사유를 원하는가. 모든 것이 우주가, 삼라만상이 끝없는 사유 속에서, 생각 키우기에서 오는 것이리라.

떠오르다가, 떠올랐다가 사라지는 내 생각의 끝은 어디일까. 내가 하는 생각들은 또 어디서 어떻게 떠돌다가 어디로 사라질까. 어쩌면 다른 뇌 속으로 들어가 점점 더 클지도 모를 일이다. 그래서 잠의 비밀을 풀 실마리가 될지도 모르겠다. 오늘 밤에 하는 이 생각은 누군가의 머릿속을 떠돌다 내게 온 것인지 궁금한 밤, 아니 이른 새벽이다. 빗소리가 잦아들었는지 세상은 더욱 고요하다. 지구는 여전히 도니 곧 잠이 오겠지.

오렌지빛 오후에

할머니들의 이야기는 두서가 없고 줄기가 없으며 때론 난데없다. 허나 스윽 지나가듯 던지는 할머니의 한마디 말 속에 삶을 관통하는 철학이 섞일 때가 더 많다. 책갈피를 넘길수록 자꾸만 할머니가 들려주던 옛이야기 같다는 생각이 들었다. '고독'과 '백 년', 만만치 않은 두 명사의 결합, 누가 누구를 낳았고, 누가 누구의 자손인지를 알리는 가계도, 책갈피를 넘기자 쏟아지는 인물들, 시간을 넘나드는 사건들, 남미 특유의 낯설고 반복되는 이름들. 집안의 역사를 알려주는 방식이 인물 중심이다 보니 연대기를 따져서 읽는 일은 처음부터 틀린 일이었을지도 모른다. 가계도를 되풀이해 들쳐가며 읽었지만 백년을 넘나드는 마르케스의 속도에 견디기 어려울 만큼 숨이 가빴다. 그들의 이름이 계속 이어지는 설정은 가르시아 마르케스가 부리는 교묘한 마술처럼 보인다.

양피지에 적힌 예언 속에서 고독하게 살아야 하고, 어쩌면 미리

이허와 저저의 밤

정해진 파국을 향해 살았을지도 모를 부엔디아 집안 사람들의 이야기는 그러나 어렵사리 찾아낸 그들의 신세계 '마콘도'처럼 활기차고 수선스럽다. 외롭고 쓸쓸한 이들의 이야기라기보다 씻김굿 한판처럼 때론 신명 나고 가끔 처연하다. 노래와 춤으로 무아의 경지에 이르러 탈혼을 거쳐 신내림으로 망자의 한을 풀어주는, 굿판을 주도하는 만신처럼 길고 복잡한 이 이야기의 중심은 집안의 여자들이다. 고독에 빠진 남자를 입히고 먹이고 가계를 잇는 자손을 생산하는 일은 언제나 여자의 일이기 때문일지도 모른다. 눈이 멀었지만, 많은 것을 더 명징하게 보는 우르술라 이구아란, 바람처럼 살아가는 필라르 테르네라, 하늘로 올라간 미녀 레메디오스, 조카의 사랑을 받은 아마란타, 엇갈린 사랑으로 문을 닫는 레베카, 흔적을 남기지 않고 떠난 산타 소피아 델 라 피에닷, 두 명의 세군도를 사로잡은 페트라 코테스, 일꾼을 사랑한 메메, 벽처럼 단단한 페르난다, 몸을 알고 부릴 줄 아는 여자 아마란타 우르술라까지 부엔디아 가문의 백 년을 잇는 여인들은 고독을 타고난 부엔디아 남자들에게 활기를 준다.

결투로 촉발된 호세 아르카디오 부엔디아와 우르술라 이구아란의 결합은 처음부터 잘못된 출발일지도 모른다. 새소리를 듣고 마콘도를 찾은 집시, 멜키아데스의 등장은 길고 단단한 꼬챙이처럼 부엔디아 가문을 통째로 꿰는 고독의 예언이다. 대가 이어질수록 마콘도는 새가 사라지고 개미들이 득시글거리는 도시가 되고 만다. 돼지 꼬리가 달린 아이가 태어날지도 모른다는 우려가 현실이 되면서 부엔디아 가문의 백 년에 걸친 이야기는 마콘도와 함께 바람 속으로 사라진다. 바나나 농장 사건에서 시체들이 이백 량이 넘는 기차에 실려 갔지만 아무도 그것이 세상에 존재했던 사실이 아니라고 여겼던 것처럼 말이다.

존재와 사실을 증명해야만 살아남는 세상이라니, 아무도 내가 본 사실을 믿어주지 않을 때의 절망감은 존재를 버리고 싶을 만큼 크리라. 마치 마콘도에 사는 이들이 조지 오웰의 『1984』의 세계에 사는 것 같았다. 자유와 평화를 가장한 통제의 세계는 지금도 계속될지도 모른다. 눈 크게 뜨고 살아갈 일이다. 세상을 재는 잣대를 여러 개 장만해야 할 일이다. 틈틈이 살펴야 할 일이다.

예언대로 가문을 세운 호세 아르카디오 부엔디아는 나무에 묶여 생을 마감하고, 마지막 자손인 아우렐리아노는 개미의 먹이가 되고 마는 파국은 두려운 진실이었다. 마콘도의 갈등은 실제로 일어나는 많은 지역의 다툼을 말하는 듯했다. 열일곱의 황금 물고기가 없어지고 열일곱의 아들들이 차례로 학살당하는 장면은 스치듯 지나갔지만 뚜렷하게 기억되었다. 자신과 집안의 운명을 내달아 읽는 아우렐리아노의 떨리는 손길을 느끼며 오렌지빛 오후에 책갈피를 덮는다. 동쪽에서 부는 바람은 모든 것을 앗아간다 했던가. 내가 사는 세상에는 결코 동풍이 불지 않기를 진심으로 바란다.

언젠가 나도 할머니가 되어 손자뻘 되는 아이들에게 이야기를 들려줄 날이 올 게다. 그들에게 난 어떤 이야기를 들려줄까? 지금부터 이야기를 차곡차곡 재어 놓을까나. 내 이야기에 마르케스의 마술을 섞으면 아이들의 눈망울을 오랫동안 잡아둘 수 있겠지. 투명하고 까만 눈동자를 마주 볼 날이 어서 오기를!

왈츠에 웃고 탱고에 넘어가고

퇴근한 남편이 음악을 튼다. 많이 들어본 선율인데 제목이 기억나지 않는다. 클래식을 들을 때 매번 겪는 어려움이다. 영상의 제목을 미처 보기도 전에 음악과 영상이 내 눈과 귀에 가득하다.

✱

여자가 계단을 내려온다. 아직 여자의 얼굴은 보이지 않는다. 다만 엷은 분홍빛 치맛자락이 여자가 움직일 때마다 나폴거린다. 홀로 내려선 여자에게 쟁반을 든 웨이터가 다가온다. 여자는 목이 긴 샴페인 잔을 집는다. 발목을 드러낸 여자의 드레스는 인어의 꼬리지느러미처럼 아래가 풍성하다. 여자를 기다리기라도 하는 양 사람들은 여자를 가운데 두고 빙 둘러선 상태. 주변의 다른 여자들의 시선이 여자에게 꽂히는 순간 여자는 한 남자에게 다가선다. 이미 악단에게

이허와 저저의 밤

다가가 춤곡을 청한 직후다.

여자의 눈길은 남자의 얼굴에 닿아 떨어지지 않는다. 여자의 눈길을 이겨내는가 싶던 남자의 얼굴이 순간 굳는다. 남자는 단호하게 돌아서서 여자와 남자를 둘러싼 구경꾼들 사이로 사라진다. 여자의 가슴이 한숨과 함께 덜컥 아래를 향한다. 이미 하얗게 변한 낯빛을 숨기기라도 하듯 여자는 술잔을 들고 사람들을 둘러본다. 둘러선 사람들 중 한 사내가 여자에게 다가와 손을 내민다. 여자는 희미하게 웃더니 남자에게 손 대신 샴페인 잔을 건넨다. 거절당한 남자는 그러나 웃음을 띤 채 얼굴로 군중에 섞인다. 여자의 망연자실이 홀 전체를 채울 무렵, 여자의 마음을 대변하듯 어떤 음악도 흐르지 않는다. 주변의 눈길이 다시 여자에게 집중된다. 여자가 홀로 지킨 홀 가운데, 아랑곳없다는 듯 여자가 원을 그리며 몇 발자국 걷는다. 등이 훤히 드러난 여자의 드레스가 보이고 뒷머리칼을 묶어 고정시킨 금색 핀이 조명을 받아 반짝거린다. 깊게 파인 목선을 가두는 것은 역시 가슴께까지 내려온 목걸이.

여자가 다시 돌아선다. 검은 보타이에 검은 구두를 신은, 턱시도 차림의 다른 사내가 서 있다. 사내가 여자에게 손을 내민다. 하얀 와이셔츠 소맷자락이 살짝 남자의 팔과 함께 나온다. 여자의 귓불에서 귀걸이가 반짝인다. 순간 음악이 가득 흐른다.

여자는 남자가 내민 손을 잡는 동시에 다른 손을 남자의 어깨에 올린다. 남자는 맞잡은 손의 반대편 팔로 여자의 허리를 감싸 안는다. 반짝이는 비즈를 박은 여자의 하이힐과 남자의 검정 구두가 함께 움직인다. 여자가 앞으로 나서면 남자는 물러서고 남자가 다시 다가서면 여자가 살짝 비켜선다. 둘의 걸음은 숫자는 같되 방향은 반대, 음악을 따라 여자의 몸과 남자의 몸 사위가 함께 움직인다. 여자와 남자의 춤사위는 이제 누구도 아랑곳없이 계속된다.

문득 여자가 불쑥 남자의 두 다리 사이로 발을 내민다. 여자의 몸이 남자의 가슴께로 밀리듯 내려간다. 여자의 무게를 견디듯 남자는 가슴을 젖혀 동작을 이어간다. 둘의 손끝이 닿을 듯 멀어지고 이내 둘의 몸 방향이 반대로 돈다. 숨이 차오르듯 여자의 가슴이 오르내린다. 남자의 어깨도 덩달아 빠르게 움직인다. 여자는 몸을 비틀어 왼쪽으로 남자의 허벅지에 기댄다. 둘의 몸이 일제히 한 방향으로 쓰러질 무렵 둘의 간격은 어느새 어깨가 닿을 정도로 가깝다. 여자가 발을 휘돌려 차듯 올렸다 내리고 남자도 여자를 따라 왼쪽과 오른쪽으로 발목을 돌린다. 중심을 잡는 둘의 손길이 바쁘고 여자의 얼굴에 미소가 번진다. 두 사람을 둘러싼 이들의 이목들 사이로 아까 여자를 홀로 두고 돌아선 남자의 것도 섞였다. 지느러미를 닮은 여자의 드레스는 뭇 사내들을 유혹하듯 계속 흔들리고 남자의 머리칼이 가르마 방향을 잃고 흔들린다. 바이올린과 오보에가 흐느적거리는 박자를 겨우 따라갈 무렵 여자가 오른손을 올리면서 남자의 주위를 맴돈다. 어느새 이마가 닿을 정도로 둘의 간격이 가깝다. 남자가 여자를 번쩍 들어 자신의 허리춤으로 이끌고, 여자는 두 발을 모아 남자의 허벅지를 감았다 푼다. 이 동작을 완성하는 것은 둘의 찰나적 눈빛 교환, 남자와 여자의 맞잡은 손이 풀리고 박수와 환성이

이허와 저저의 밤

홀을 가득 메운다.

왈츠 춤사위에 저런 동작이 있었던가. 그러고 보니 뭔가 미세한 차이로 음악과 둘의 동작이 어긋나는 것처럼 보인다. 분명 나오는 음악은 왈츠인데 둘의 동작을 담아내기엔 왠지 반의 반 박자가 모자란 느낌. 영상의 제목을 확인한다. 드미트리 쇼스타코비치, 더 세컨드 왈츠. 뒤에 한 낱말이 더 붙었다. 탱고.

처음부터 영상을 다시 튼다. 음악이 시작하는 찰나와 영상이 아주 조금씩 어긋난 게 눈에 띈다. 춤과 음악 장르가 교묘하게 섞인, 하이브리드 같은 영상. 처음에 알아차리지 못한 탓은 순전히 내 몫이다. 그럼에도 몇 번을 다시 틀어 영상을 본다. 왈츠에 웃고 탱고에 넘어간 시간, 내게 그저 귀와 눈이 함께 즐거웠던 기억으로 남으리. 새해에는 춤을 배울까나, 왈츠 혹은 탱고?!

거리에 서서

식당으로 가는 길. 사거리에 자리 잡은 공공건물이 보이지 않는다. 새 건물을 짓는 공사가 시작되지는 않았지만, 기존의 건축물은 다 헐리고 땅의 경계를 표시하는 높은 펜스가 시선을 막는다. 공적인 용도로 쓰던 땅이 이미 팔렸고 새 주인을 만났다는 뉴스를 이미 접한 터였지만 익숙한 건물이 없어진 자리에 펼쳐지는 펜스는 흐린 하늘 아래 더욱 을씨년스럽다.

건널목 앞, 초록 신호를 기다리는 사이, 인도 쪽의 작은 공간에 눈길이 갔다. 그곳엔 사라진 공공기관의 푯말이 붙은 아치 형태의 몇 개의 구조물이 있었다. 아치를 타고 내려오는 덩굴식물과 몇 그루의 나무들이 늘어선 가운데 그 아래 공간엔 나무 벤치가 놓여 있었다. 그 공간은 그늘을 만들어 뜨거운 햇살을 막아주고 다리가 아픈 이들의 쉼터가 되어주곤 하는 작은 쌈지 공원처럼 보였다. 나는 몇 장의 사진을 찍었다. 곧 사라질, 잃어버릴 우리의 공간을 기리기라도 하듯이 말이다. 사진을 찍은 후 얼마 지나지 않아 다시 그곳을 지나갈 일이 생겼는데 어느새 쌈지 공원까지 철거되고 펜스가 사방을 가로막고 있었다.

우리 동네에도 재개발하느라 곳곳에 울타리를 쳐놓은 곳이 많다. 안전을 위해 쳐놓은 펜스는 꽤 위압적이다. 하늘을 나는 새의 눈높이가 아니라면 결코 들여다볼 수 없는, 우뚝 선 펜스를 보면서 문득 사람들을 막아섰던 시위 현장의 차벽이 생각났다. 사람들의 눈길과 통행을 막느라 차곡차곡 빽빽하게 늘어선 버스들, 차벽을 두고 누구는 기막힌 방어 전략이라고 추켜세우고 혹자는 뚫어 없애야 하는 장애물이라고 목울대를 세우기도 한다. 나는 차로 만든 높은 벽이 신산한 작금의 우리네 현실을 상징하는 새로운 건축물(?)이라는 생각이 든다.

우리를 가로막는 것이 어디 차벽과 펜스뿐이랴. 굳게 닫은 마음, 외면하는 몸짓, 짐짓 모른 척하는 무관심들이 모여 보이지 않는 담장을 치는 일이 수두룩한 세상이니 더 할 말이 없다. 프랑스 파리에서, 튀르키예(터키)에서 들려오는 사건 사고는 남의 일 같지 않아 적잖이 마음이 쓰인다. 한 해를 마감하는 달, 조용하고 안전한 시간으로 채워지기를 바라는 마음 간절하다.

한편, 펜스가 사라지고 나면 어김없이 새 건축물이 자리 잡는다. 스카이라인이 바뀌고 풍경도 바뀐다. 터전을 바꾼 사람들이 모여 이웃이 되고 인사를 나눈다. 문득 펜스는 새로운 관계의 시작일지도 모른다는 생각이 든다. 펜스가 우리의 안전을 담보하는 최소한의 담장이 되고, 차벽이 사라진 거리를 활보하며 제 목소리를 당당히 내는 날이 되면 펜스가 보기 싫지도, 뉴스를 외면하지도 않을지도 모른다는 생각이 스쳤다.

언젠가 '비가 **온**다'라는 말을 적으려다 '비가 **운**다'라고 오타를 친 적이 있다. 지워버리려 커서를 움직이다 문득 손길을 거두었다. 오타인데도 뜻이 통하고 곧이어 생각의 전이가 일어났다. 순식간에 느낌이 고이는 것은 '운다'라는 낱말이 가진 힘이다. 우리는 이런 우연에서 배우고, 약속하지 않은 만남에 더 기뻐하며 찰나의 엇갈림에 연연하며 사는 것은 아닐는지 생각해본다.

글을 짓는 일은 틈새에 눈을 대고 세상을 살피는 일이라 생각한다. 타인을 꿰뚫을 잣대로 나를 살피는 일은 서글프지만 담백하다. 세상과 나 사이의 틈새를 촘촘하게 메꿔가는 게 옳은 일인지, 벌어지는 간격을 여유라 믿으며 사는 게 옳은지 아직은 모르겠다. 다만 뭐든 숭숭 통했으면 좋겠다. 울타리 안으로 들어가는 레미콘과 차벽을 넘나드는 새의 날렵함을 닮고 싶은 오후, 우리 동네의 숨은 쌈지 공원을 찾아 나서는 발걸음이 가볍다.

이허와 저저의 밤

그녀의 이야기, 나의 역사

내게 역사는 언제나 어려웠다. 외워야 하는 연대들, 사건들, 고대의 기록들, 드러나는 유물에 따라 짐작하고 추정하는 학자들의 입과 손끝에서 나오는 역사는 또한 의심스러웠다. 누가, 어떻게, 왜 그렇게 살았는지 밝히는 과정이 선뜻 믿기지 않았다. 누가 그래, 어떻게 알아, 정말로 그랬대라는 의문이 떠오르기 일쑤였다. 나이가 들고 역사는 결코 교과서에만, 기록 속에서만, 케케묵은 이야기뿐이 아니라는 것을 알았지만, 쉽사리 역사와 친해지지 않았다. 그저 나는 역사의 변두리에 산다고 생각했다. 커다란 사건은 남의 일이었고, 뉴스에서 떠드는 일이어서 그럴지도 몰랐다. 커다란 사건은 지나간 세대의 몫이라고, 우리 세대는 각자 삶을 지탱해나가는 것으로 생각했다. 개인의 삶이 모여서 역사가 되고, 동시대를 살면서 역사를 모른 체하지 말아야 한다는 것을 알았지만 어떤 사명감이나 책임감을 갖지는 않았다.

소련이 갈라져서 생긴 나라, 벨라루스의 작가. 스베틀라나 알렉시예비치는 노벨문학상을 탄 작가이다. 그녀의 소설, 아니 사람들을 만나 인터뷰하는 형식의 독특한 글을 읽었다.『전쟁은 여자의 얼굴을 하지 않았다』를 먼저 읽고『세컨드 핸드 타임―호모 소비에티쿠스의 최후』를 연달아 읽었다. 작가는 전쟁을 겪은 여자들과 소련이 무너지는 과정을 직접 겪은 이들을 만나 그들의 이야기를 듣는다. 그녀는 그들의 목소리를 그대로 옮기고 드문드문 자신만의 단상을 적어 내려갔다. 그녀의 작품은 육성이 가진 힘과 현장성, 애잔한 사연으로 가득하다.

이국의 역사는 그러나 어렵지 않았다. 그네들의 삶이 바로 우리의 삶이었다. 우리 할아버지, 할머니, 어머니, 아버지의 이야기였다. 사상의 밑바닥은 언제나 삶이 자리하듯 말이다. 지나간 세대와 지금의 세대와 앞으로 다가올 세대가 겪을 삶의 총량은, 시대의 총합은 어쩌면 같을지도 모른다. 아니 같을 것이다. 역사란 결국 사람들의 삶을 차곡차곡 쌓아서 만든 것이니까 말이다.

책을 읽다가 몇몇 구절을 적었다. 애잔하고 신산한 그들의 삶 속에서 몸소 체득한 언어들을 놓치고 싶지 않아서였다. 아버지들은 술에, 어머니들은 눈물과 한탄에, 소녀들은 꿈과 사랑과 후회에 갇혀 생활하는 그들의 이야기가 내 마음속에 고이기를 바라면서 글자를 다시 새겼다. 애잔한 이야기들, 슬프고 안타까운 말들, 분노의 내뱉음을 그저 흘려보낼 수 없었다. 한편, 아들을, 딸을, 아버지를, 어머니를, 할머니를, 아니 꿈을 잃어버린 그들의 아픈 이야기가 우리에게 전염되지 않기를 간절히 바라기도 했다.

책의 끝부분, 죄수를 사랑했던 여인의 다큐멘터리를 찍은 감독 생각이 난다. 다큐멘터리는 '선천적인 단점'을 가졌다고, 영화는 이미 제작을 했는데 삶은 계속 진행된다고 했던. 역사는 어쩌면 다큐멘터리이고 우리의 삶은 선천적인 단점일지도 모른다는 생각이 지금 순간 스친다. 수도원으로 들어갔다던 여자, 옐레나는 지금 어떻게 살까?

책을 다 읽고 나서 다른 때처럼 앞의 목차를 살핀다. 길거리에서 나눈 잡담과 부엌에서 나눈 대화, 고통의 달콤함과 러시아 영혼의 핵심에 대해, 살인하는 사람들이 신을 위해 일한다고 믿는 시대에 대해, 작은 붉은 깃발과 도끼의 미소에 대해, 공허함의 마력, 또다시 길거리에서 나눈 잡담과 부엌에서 나눈 대화, 행복과 매우 닮은 외로움에 대해, 개 같은 인생과 흰 도기에 담긴 100그램의 가루에 대해, 악마 같은 어둠과 이생에서 만들어낼 수 없는 또 다른 인생에 대해, 신이 당신의 집 앞에 놓고 간 타인의 슬픔에 대해……

시간을 품고 지속하는 삶과 기억으로 쌓이는 역사가 계속되는 한 그녀의 이야기는, 아니 나의 역사는 이제부터다.

뉴스, 올디스

새로운 소식을 우리는 뉴스라 부른다. 새로운(NEW)이라는 의미를 확장해 만든 이 낱말은 생긴 이래 꽤 대접받는 존재 중의 하나이다. 세상이 갑자기 변한 것이 아니니 뉴스가 없던 때는 아마 없을 것이다. 다만 여러 가지 까닭으로 걸러지고 정제되고 막혔을 터. 매 시각 일정한 톤으로 읽어 내려가는 앵커의 무심함에 분노하고, 행간에 숨은 신문 기사의 시대정신에 공감하던 시절도 지나갔다. 하지만 역설적으로 어디서나 누구에게나 뉴스가 생산되고 소비하는 시대인 요즘, 뉴스는 쉴 새 없이 쏟아지지만, 한편으로 뉴스로서의 본질을 잃은 느낌이다. 심지어 뉴스를 올디스라 불러야 하는 것은 아닌지 엉뚱한 생각이 들기도 한다. 더불어 모름지기 뉴스의 본질인 신속성과 정확성과 현장성을 떠올린다.

사전적인 뉴스의 의미를 퇴색시키는 예는 또 있다. 차곡차곡 담겼다가 누군가 필요로 하는 순간 바로바로 떠오르는 디지털 자료가

이허와 저저의 밤

그것이다. 디지털 세상에선 궁금한 것을 활자화하는 순간 수많은 자료가 올라온다. 일방적으로 제공되는 것이 아니라 나의 필요 때문에 취사선택되는 자료는 시간을 뛰어넘고 공간을 넘나들어 순식간에 내게 새로운 것이 되어 다가온다. 클릭하는 순간, 올디스가 내게는 정확성과 현장성이 거세된 뉴스가 되어버리는 것 같다.

포털 사이트의 실시간 검색어는 뉴스의 현장성을 대변하기라도 하듯 순간순간 다른 낱말로 대치된다. 사람들이 어디에 관심을 가지는지 지표가 되기도 한다. 하지만 아이러니하게도 실시간 검색어를 누르는 순간 그것은 뉴스라는 새로움(NEW)을 상실하고 낡음(OLD)이 된다. 내가 읽는 동안을 기다리지 않고 검색어는 순위를 바꾸고 다른 이슈로 대체된다. 끊임없이 뉴스가 대체되니 자연 알아채지 못하거나 모르는 소식이 많아짐은 자명하다. 뉴스의 생산과 소비가 누구나 다 알게 이루어지는 것 같지만 아무도 모르게 이루어지는 것이다.

뛰어난 편집자로서 이름을 날리던 어느 출판인을 다룬 뉴스도 마찬가지다. 수많은 밀리언셀러를 만들고 출판을 주도하던 그녀가 실제는 개인적 억압에 시달렸고 그것이 어느 정도 자발적인 움직임이었다니, 사회적인 명성 뒤에 가려진 개인사야말로 흔한 가십거리였지만 그녀의 인터뷰나 기사는 꽤 놀라웠다. 개인적인 절차와 저항은 지금도 계속되겠지만, 어느 곳에서도 그녀에 대한 기사가 뜨지 않는다.

포털 사이트나 소셜네트워크서비스(SNS), 블로그를 거치며 제목만 달리하는 천편일률적인 자료로 변해 뭇 사람들의 클릭을 유도한다. 그 소식이 얼마나 오래되었는지 얼마나 많은 이들이 아는지 상관없이 접속하는 순간만을 기다렸다가 올디스에서 뉴스로 탈바꿈한다. 올디스가 뉴스라는 항목을 차지하는 모순의 순간이다.

인터넷 검색은 이미 우리의 뇌를 대신하는 공간이 되었다. 우리가 알아채지 못하는 사이 빅 데이터는 계속 쌓이고 언젠가 우리의 행동을 규정하고 바꿀지도 모른다. 다 아는 것 같지만 실은 아무것도 모르는 세계가 열린 것일지도 모른다.

디지털 세상은 때로 주제 사라마구의 소설 『눈먼 자들의 도시』에서 나온 백색 실명, 집단 실명의 상태처럼 보이기도 한다. 하지만 0과 1, 온과 오프가 수시로 전도되는 디지털 세상이니 뉴스와 올디스의 구분이 무슨 상관이랴. 그 누구의 미래도 담보하지 않은 채 군중 속에 섞여 모든 것을 목도하는 주인공의 눈길은 끝내 어디에 머물렀을까. 내 시력은 온전한지 괜스레 눈을 껌벅이는 오후, 햇살은 매미 울음을 뚫고 여전히 작렬한다.

2부

의

형식의 폭력

가끔 테니스 경기 중계방송을 본다. 롤랑가로스(프랑스 오픈 테니스 경기)가 끝나고 지금은 영국 윔블던 대회가 한창이다. 프랑스, 호주, 두바이를 비롯한 곳곳의 경기와 달리 윔블던 대회는 잔디 구장을 사용한다. 그 외에 특별한 규칙이 하나 더 있다. 바로 하얀색 규정, 즉 하얀색 유니폼만 입고 경기에 임하라는 규칙이다. 그들에게 순백색의 이미지는 고급스러움, 우아함, 귀족적인 것이 복합된 것인지도 모른다. 백의민족인 우리에게도 그리 낯설지 않은 색이지만 주고 받는 이미지는 똑같지 않다.

코트 위 하얀색 옷 규정만큼이나 로고의 색상 규정도 있다. 다크 그린색은 선수를 제외한 심판관, 라인맨, 볼 보이만 가능한 색상이라는 식이다.

가장 오래된 테니스 대회라는 명성과 함께 아직도 지켜지는 규정이 새삼 놀랍기도 하다. 얼마 전 이름난 선수가 소위 복장 위반으로 뉴스에 떴다. 이른바 바닥이 오렌지빛인 운동화를 신고 나왔다는 것이었다. 운동화 바닥까지 규정 위반으로 내세우다니 조금 지나치다 싶은 생각이 들었다.

또한, 한 결혼식이 떠올랐다. 바로 영국 왕자 해리와 미국 배우 매건 마클의 결혼식이다.

미국과 북한의 수뇌들이 제3국에서 만나는 따위의 굵직한 뉴스 사이에서 남의 나라 왕자의 결혼식은 그리 커다란 뉴스가 아닐지도 모른다. 그럼에도 해리와 매건의 결혼식은 쉽게 잊히지 않는다. 그 까닭은 형식에 숨은 폭력성 때문이다.

미국의 CNN 방송국은 두 사람의 결혼식 당일, 이른 아침부터 결혼식을 생중계했다. 신부가 미국 출신의 배우지만 뉴스 전문 채널에서 거의 온종일 결혼식을 방송하다니 꽤 놀라웠다. 내로라하는 영국의 축하객들이 입장하는 것부터 시작해서 신랑, 신부의 입장. 예식의 모든 진행 상황을 생중계했다. 여러 앵커, 연예 관계자, 디자이너, 기자들이 번갈아가며 떠들썩한 잔치를 벌였다.

해리 왕자와 매건 마클의 결혼은 그 만남부터 꽤 화젯거리였다. 백인인 아버지와 흑인 어머니 사이에서 태어난 매건은 이혼 경력이 있는 배우이다. 이혼녀와 왕자의 인연과 결혼도 그랬지만 흑인 혼혈인 매건 마클을 왕실의 며느리로 들이는 것은 꽤 논란거리였다고 들었다. 백인 아버지는 결국 여러 가지 개인적인 상황을 이유로 결혼식에 오지 않았고, 순서에 맞춰 오랜 시간 동안 예식이 진행되었다. 축가도 각각 영국과 미국 측에서, 축하 연설도 각각 이어졌다. 흑인 목사는 부흥회 하듯이 열정적인 목소리로 둘을 축하했다.

예식을 치르던 거대하고 높은 성당. 하객들과 왕족들의 자리는 철저하게 분리된 것처럼 보였다. 반세기가 넘도록 여왕의 자리를 차지한 시할머니, 재혼한 시아버지 내외, 형님 가족들과 아이들이 귀빈석을 메웠고, 결혼식에 초청된 여러 귀족, 유명인들은 비교적 멀리 떨어진 곳에 앉아 결혼식을 지켜봤다. 축가를 부르는 팀이 둘이 있었는데 그들의 자리도 제각각 분리된 것처럼 보였다.

결혼식이 진행되는 동안 카메라는 매건을 자주 비췄다. 약간 검은 피부에 주근깨를 감추지 않은 옅은 화장, 하얀 드레스를 입은 그녀는 아름다웠다. 가끔 매건 마클은 남편이 될 왕자와 눈을 마주치고 웃는 모습도 보였다.

거대한 왕실의 조직이 마련한 성대한 예식은 오랫동안 진행되었다. 수백 년 이어오면서 정제된 형식은 한 개인을 집어삼키고도 남을 만큼 복잡했다. 문득 왕실의 결혼식, 그 형식의 절차를 하나하나 치러내는 과정은 매건에게 몰아치는 폭력 같았다.

형식은 얼마나 폭력적인가. 갓 입대한 병사를 훈련하는 방법은 형식을 몸에 배게 하는 것에 다름 아니듯이 말이다. 거대한 조직에 반항하지 못하게 하는 첫 번째 의식은 바로 그들이 형식을 강요하는 일이리라. 그 생각에 이르자 결혼식은 흡사 절대 복종을 강요하는 기사 작위를 주는 자리 같기도 했고, 피바람을 예고하는 대관식처럼 보였다. 허우적거리기만 해도 목숨이 날아가는 절체절명의 기로, 절대 탈출하지 못하는 절벽 감옥, 폭풍우가 몰아치는 거센 바다를 표류하는 구명보트처럼 아슬아슬했다. 미소를 띤 그녀는 그들이 제공한 모든 형식의 빈 곳을 지키는 하나의 작은 부속품처럼 보였다.

시간이 지나면서 고집이 전통이라는 이름으로 둔갑하는 경우가 적지 않다. 왕실의 매우 어렵고 복잡한 결혼 절차, 윔블던의 복장 규정은 결코 다른 것이 아니라 생각한다. 개인을 존중하고 배려하는 척하면서 그 개인을 형식의 한가운데로 내몰고, 전통이라 내세우며 개인의 자유 의지를 뭉개는 규정이 사라지는 세상이 오기를 바란다. 또한, 더는 형식을 전파하는 왕실의 결혼식이 생중계되지 않기를 바란다.

P.S

얼마전 영국 엘리자베스 2세 장례식을 CNN을 비롯한 여러 매체가 생중계했다. 결혼식보다 더욱 굳건한 형식. 장례 순서는 지켜보는 내내 눈을 떼게 하지 못하는 형식의 끝판왕이었다.

제국은 형식의 다른 이름일지도 모른다. 여러 날이 지났지만 왠지 아직도 오싹하다.

이허와 저저의 밤

그릇에는

어떤 그릇을 쓸 때면 특별히 생각나는 이가 있다. 잊고 지내다가 문득 특정한 그릇을 꺼내 쓰면 불현듯 생각나는 사람, 상황, 시절이 떠오르곤 한다. 그릇이 무슨 주술을 부리듯 시공간을 넘는다. 초록 빛 컵과 냄비 세트를 쓸 때 생각나는 이는 어김없이 그녀이다.

그녀와 나는 에어로빅 운동하는 곳에서 처음 만났다. 거기는 아파트 단지 내 지하 공간을 운동 시설로 바꾼, 벽면 한쪽이 전부 거울인, 오전 시간에 틈을 내 운동할 곳으로 제격인 곳이었다. 경쾌한 댄스 음악 위주의 선곡과 에어로빅 전문 강사의 우렁찬 구령에 맞춰 우리는 몸을 움직였다. 이 주일 간격으로 유행하는 음악에 맞춰 안무를 외워야 했는데 쉽지는 않았다. 안무를 외우는 실력에 따라 운동하는 자리가 달랐다. 그녀는 맨 앞줄이나 두 번째 줄, 나는 늘 그녀의 뒷자리에 서서 운동했다. 그녀가 안무를 틀리면 어김없이 나도 틀린다. 앞쪽 벽면 거울 속에서 우리의 눈빛이 마주친다. 무언의 민망함은 어색함에 섞이고, 미안함이 섞인 웃음은 이내 다음 동작에 밀려 묻힌다. 잠깐씩 키득거리던 그 시절이 아련하다.

그 시절, 우리는 한 달에 한 번 정도 모여 함께 밥을 먹었다. 메뉴를 정하고 재료를 가져와서 즉석에서 요리하기도 했다. 어느 날, 그녀는 내게 부침개 재료를 주문했다. 나름대로 준비한 재료를 보고 그녀가 탄성을 질렀다. 그저 오징어 몇 마리를 넣었을 뿐인데 말이다. 그날 오징어 부추전의 인기는 순전히 솜씨 좋게 부쳐낸 그녀의 몫이었다.

운동이 끝난 후 우리는 곧장 집으로 가지 않았다. 삼삼오오 모여 커피를 마시며 이야기를 나눴다. 간이 운동 시설이라 샤워장이 없었는데 땀내 나는 몸으로 우르르 몰려가 이야기를 나누다 들쩍지근하고 시큼한 땀 냄새에 코를 돌리던 시절, 그녀의 집은 우리의 단골 아지트였다.

그녀의 집에는 예쁜 그릇이 많았다. 초록빛 컵도 그때 봤다. 생긴 모습도 그렇고 초록색을 좋아하는 내 취향에 딱 맞는 그릇이었다. 근처 마트에서 샀다는 그녀의 말에 그날 당장 마트로 달려가 샀다.

초록빛 컵은 밑바닥의 원주는 작고 입을 대는 곳의 원주는 넓은, 흡사 원뿔 모양을 위아래로 두 군데 자른 형태의 컵이다. 반투명과 투명의 둥근 무늬가 어우러진 컵이다. 밑바닥은 두꺼운데 위로 올라갈수록 얇은, 크리스털을 닮은 유리잔이다. 그러다 보니 쓸 때마다 조심스럽다. 입술과 이에 닿는 촉감이 꽤 좋은 편이다.

초록빛 컵은 과일 주스를 담을 때 가장 예쁜 빛이 난다. 초록빛은

이허와 저저의 밤

색색의 과일이 나무에 달릴 때 함께 붙었던 이파리처럼 보인다. 오렌지 주스도, 토마토 주스도, 당근 주스도 이 컵에 따르면 갓 딴 과일처럼 상큼하고 싱그럽다. 특히 무덥고 후텁지근한 요즘, 얼음 몇 알 동동 띄워 마시면 더할 나위 없다.

그때 함께 산 그릇 중에 냄비 세트도 있다. 평소 갖고 싶던 그릇이었고, 마침 할인 판매 중이었다. 마감 세일하는 날이라 그런지 새 상품은 다 팔리고, 진열 상품밖에 없었다. 게다가 중간 크기의 냄비 바닥에는 시커멓게 긁힌 자국도 보였다. 몇 번을 들었다 놨다 망설이는 내게 그녀는 그릇은 눈에 띄고 사고 싶을 때 사는 거라 말하며 냄비 세트를 덥석 집어 내 카트에 담아주었다. 이후 냄비는 우리 집에 없어서는 안 되는 그릇이 되었다. 긁힌 자국은 닦아도 깔끔하게 없어지지 않았는데 오히려 그 자국은 불현듯 그녀를 생각나게 하는 흔적이 되었다. 휘뚜루마뚜루 쓰기에 좋은, 깨지지 않는 아름다움이라며 광고하는 그 냄비는 이후 단종이 되어 더는 살 수 없는 제품이 되고 말았다.

이후 그녀는 나보다 먼저 우리 동네를 떠났다. 몇 차례 통화가 오갔지만, 그 간격이 점점 벌어지고 연락이 끊기고 말았다. 집 전화번호는 없고, 휴대전화 번호는 변경된 지 오래다. 지금도 가끔 생각나는, 아쉽고 안타까운 인연이다.

햇살이 비치는 오후, 선반 위 초록빛 컵이 투명하다. 컵을 잡은 내 손바닥에 초록이 지천이다. 몇 알의 얼음을 먼저 채우고 주스를 따른다. 네모 얼음 알갱이 속에 그녀의 복숭앗빛 얼굴이 떠오른다.

무엇이든 적극적으로 행동하던 그녀, 지금도 잘 살고 있을 게다. 언젠가 꼭 다시 만나고 싶다. 그날 그 자리에 초록빛 컵과 냄비도 함께 하리라.

이허와 저저의 밤

'이도배'의 유혹

'유혹'의 첫 번째 뜻은 꾀어서 마음을 현혹, 혼미하게 하거나 좋지 아니한 길로 이끎이고 두 번째는 성적인 목적을 갖고 그럴듯한 말이나 행동으로 이성을 꾐이다. 전적으로 좋은 뜻은 아니지만 그렇다고 순전히 나쁜 뜻도 아니다. 그 형태나 상황도 제각각일 터이니 아마도 유혹은 흔적을 남기는 삶의 아롱다롱 무늬일지도 모를 일이다.

내게도 또한 남과는 다른 특별한 유혹이 있다. 바로 '이도배'의 유혹이다. 그렇지만 이도배의 유혹은 나의 마음을 혼미하게 하지도 좋지 아니한 길로 이끌지도 않았다. 더욱이 성적인 목적을 달성할 길 없는, 그저 나의 미소와 추억을 부르는 유혹일 따름이었다. 그런데 묘한 일이 생겼다.

언젠가부터 화장실 수도꼭지가 말썽이었다. 찬물과 따뜻한 물을 조절하기도 쉽지 않을 만큼 수전의 손잡이가 **뻑뻑**했다. 또한, 물이 나오는 구멍을 누가 막기라도 하듯이 픽픽 소리를 내더니 물줄기가 가늘고 시원찮았다. 가끔 물이 나오는 주둥이 부분의 나사를 풀어 이물질을 닦고 다시 조이면 잠시 물줄기가 굵어졌다. 하지만 그것도 잠시, 물줄기는 금세 가늘고 맥없이 흘렀다. 수도꼭지의 주둥이 부분을 살피니 도금한 물질이 벗겨진 듯 색깔이 달랐다. 하긴 집수리한 지 꽤 지났으니 고장 나는 것도 무리가 아니었다. 쓰지 못할 만큼의 고장은 아니어서 물을 틀 때마다 조심조심 수도꼭지를 올리고 내렸다.

거실에 앉아 있는데 물 흐르는 소리가 났다. 물소리를 따라가 보니 화장실에서 나는 소리였다. 살펴보니 세면대 수도꼭지와 연결된 고압 연결 호스의 아랫부분이 동그랗게 부풀었고 검은 고무가 튕겨나와 터지기 직전이었다. 급기야 물의 압력을 못 이기고 고압 연결관이 터진 것이었다. 호스 줄기에서 물이 솟으며 이리저리 흩어졌다. 수도관의 앵글밸브를 잠그고 얼굴에 튄 물기를 닦아내면서 나는 문득 '이도배'의 유혹이 떠올라 혼자 웃었다.

처음으로 집을 사고, 이삿날이 얼마 남지 않은 날, 그와 나는 우리 집 인테리어를 어떻게 하면 좋을까 의논했다. 낡고 오래된 아파트라서 집수리를 하지 않고 들어가기는 어렵고 어쨌든 빠듯한 예산 탓에 걱정이 앞섰다.

"당신, 내 별명이 뭔지 알아?"

느닷없이 그가 내게 물었다.

"이도배야, 이도배."

"……?"

　　　　　　　　　　　이허와 저저의 밤

"옛날부터 우리 집은 내가 다 했어. 걱정하지 마."

그의 얼굴은 벌써 유혹의 웃음으로 가득했다.

결국, 나는 이도배의 유혹에 넘어갔다.

방마다 다른 벽지와 포인트를 줄 띠벽지를 고르고 풀과 붓을 사고, 사다리를 빌리고 작업을 시작했다. 전문가를 자처하던 그는 작업이 나아갈수록 천장이 너무 높다는 둥, 벽면이 고르지 않다는 둥, 풀이 잘 붙지 않는다는 둥, 벽지가 너무 두껍다는 둥 핑계 아닌 핑계를 댔다. 결국, 우리는 도배장이가 하루면 끝낼 작업을 사흘에 걸쳐서 했다. 도배를 끝내고 대자로 누운 채 우리는 한동안 일어나지 못했다. 그 집에 사는 동안 우리는 가끔 울퉁불퉁한 벽면과 천장을 보며 이도배니 유혹이니 하면서 킥킥댔다.

그런데 이상한 일은 그 후에 일어났다. 매끄럽지 못하게 작업을 했을지라도 뭔가 해냈다는 느낌과 더불어 웬만한 집수리 작업은 우리가 직접 할 수 있다는 생각이 들었다. 이후 어지간한 집수리 작업은 그의 몫이 되었고 나는 그저 이도배를 들먹거리면서 옆에서 거들면 되었다. 유혹의 힘은 그렇게 오래갔고 셌다.

고압 호스를 교체하는 김에 아예 세면기를 뺀 나머지 부품도 바꿔보자고 의견을 모았다. 대형 할인점에 갔지만 고압 연결 호스가 없었고 수전도 그다지 마음에 들지 않았다. 우리는 마트에서 관붙이 앵글밸브만 사 가지고 돌아왔다. 결국, 나는 인터넷 검색을 거쳐 필요한 물품을 샀다. 수전과 세면기 배수구 자동 팝업, 세면기용 고압 연결 호스, 실리콘 건, 실리콘 액 튜브가 든 박스를 보여주면서 나는 유혹하듯 씨익 웃었다.

주말, 화장실 공사가 시작되었다. 이도배도 수전 교체는 처음이었다. 고압 호스를 가는 것은 간단한 작업이었으나 수전을 교체하려면 일단 세면기부터 떼어내야 했다. 게다가 수도꼭지를 떼어내려니 나사가 죄다 뒤쪽 벽에 붙어 있어 수월치 않았다. 또한, 배수구 팝업을 바꾸려면 세면기 전체를 떼어내지 않고서는 안 되는 작업이었다. 결국, 벽과 세면기 주변의 실리콘을 제거하고 세면기와 세면기를 지탱하던 도기를 분리했다. 깨지기 쉬운 도자기 재질의 세면기와 기둥은 작업을 더욱 조심스럽게 했다. 가까스로 분리에 성공, 트랩과 자동 팝업 장치를 새것으로 달고 다시 세면기를 원래 자리에 부착했다. 수도꼭지와 고압 호스를 순서에 맞게 조립하고 실리콘 마감재를 바르고 작업이 끝났다. 마지막으로 앵글밸브를 돌려 물길을 텄다. 굵은 물줄기가 세면대 바닥을 치고 위로 차올랐다. 이로써 처음 해본 이도배의 수전 바꾸기 작업은 성공이었다.

무거운 세면 도기를 들고 옮기느라, 알맞은 힘으로 나사를 조이고 푸느라 이도배의 등은 흠뻑 젖었다. 팔뚝의 근육은 한껏 성이 올랐다. 물을 삼키는 그의 목울대가 가파르게 움직인다. 불현듯 이도배 씨를 다른 곳에서 유혹할 날이 머지 않았음을 직감한다.

이도배 씨, 준비되셨지요?

이허와 저저의 밤

내 친구 데이지

어스름 잠에서 깨어 쇠잔한 의식의 한 자락을 살핀다. 예전에 만나다가 연락이 뜸하거나 만나지 않는 이들에 닿은 의식의 흐름은 낮고 깊게 흐른다. 괜히 쓸쓸하고 울적한 마음. 마음의 흔적을 담으려 컴퓨터를 켠다. 이메일함에 낯익은 이름이 보인다. 메일 제목도 "쌤, 데이지예요"이다. 신기한 마음에 급하게 메일을 연다.

쌤 잘 지내요?

선생님 버스 놓치고 우리랑 저녁 먹었던 게 벌써 5년도 더 됐나 봐요.

그간 나는 눈에 넣어도 안 아플 아들도 하나 더 낳고 알콩달콩 지내고 있죠. 아우, 말이 알콩달콩이지 사실 정신없네요. 그래도 애들 학교 보내고 나면 한가한 차 한 잔 여유를 갖기도 하는 엄마 몇 년 차입니다. 한국은 1년에 한 번 정도 가는 듯한데, 선생님 울

산에 계시니 어쩌다 연락 한번 못 드렸네요. 아 신선한 회 생각나네요. 여기 사니 '회'가 젤 그리워요. 사실 신선한 회 파는 데도 별로 없지만 울 신랑이 회를 안 좋아해서 전 한국 가지 않는 한 회를 1년에 딱 한 번 제대로 먹는답니다. 그때 일 끝나고 먹었던 떡볶이 맛있었는데…. 그리고 보니 선생님이랑 저랑 그때 우리 참 젊었던 듯요.

글은 계속 쓰시죠? 선생님 책 읽어보고 싶다. 영국에 또 놀러 와요. 이번엔 울 집에서 하룻밤 묵고 가요. 선생님 주무실 방 있어요. 6년 전에 한국 가서 살 생각 접고 그냥 여기서 정착할 생각으로 집 샀어요. 한번 움직인다는 게 쉽지 않더라고요. 한국 가서 사는 건 아마도 애들 다 키워놓고 가야 하지 않을까요.

일요일 오후라 여유 만땅 부리고 있었어요. 그 시간에 쌤 생각도 났고. (여기도 애들 학원 쫓아 다니느라 평일 오후는 정신없답니다) 하지만 이멜 안 보낸다고 쌤 생각 안 하는 건 아니에요!

항상 건강하시고 행복하시길 바라요. 데이지 드림

메일을 읽는 내내 미소가 그치지 않는다. 결혼하고 잠시 집 근처 직장을 다녔다. 그곳에서 데이지를 만났다. 나보다 열두 살이 어린, 소위 말하는 띠동갑의 그녀와 나는 처음부터 죽이 잘 맞았다. 퇴근하는 길, 데이지는 우리 동네까지 함께 걸어와서 버스를 타곤 했다. 굳이 그러지 않아도 되는데 함께 걸어와주는 데이지가 몹시 고마웠다. 컵 떡볶이를 사서 들고 먹으며 재잘대며 걷던 그 시절은 데이지도 나도 잊지 못하는 시간이다. 그 후 나는 입덧

이허와 저저의 밤

이 심해져서 직장을 그만두었고, 데이지는 영국으로 가면서 헤어졌다. 가끔 연락을 주고받고 그 시절 유행이던 미니홈피에 올라온 데이지 사진을 보면서 추억을 달래곤 했었다. 그러다가 점점 연락이 점점 뜸해지고 말았다. 데이지는 낯선 곳에서 적응하느라, 나는 아이를 낳고 기르느라 그랬다. 아이들과 떡볶이를 먹으면서 혹은 영국 이야기가 나올 때마다 데이지를 떠올렸지만, 그녀와 나의 시간은 더는 교차하지 않았다.

몇 년 전, 내가 유럽 여행을 가기 몇 주 전이었다. 여행의 첫 출발지가 런던이었다. 불현듯 데이지 생각이 났다. 예전 수첩을 뒤져 전화를 했다. 다행히 그녀의 동생과 통화를 하고 데이지 번호를 얻었다. 영국 남자와 결혼을 했다는 소식, 얼마 전에 아이도 낳았다는 소식에 그녀와 내 목소리가 점점 커졌다. 데이지가 부탁한 여러 가지 살림살이(아이에게 필요한 물건 따위)를 잘 여며 여행 가방 안에 챙겨 넣고 런던으로 향했다. 내가 머물 숙소에 미리 와서 기다린 데이지와 데이지의 남편을 만난 그 순간은 내 머릿속에 박제되었다.

다음 날, 단체 여행의 일정표를 따라 데이지와 대영박물관에서 다시 만났다. 그때 혼자서 그 무거운 유모차를 이끌고 지하철을 타고 달려온 데이지가 얼마나 고마웠는지 모른다. 투어 일정을 잠시 뒤로하고 그녀와 나는 함께 시간을 보냈다. 그러다가 잠깐의 시간 차이로 투어 버스를 놓치고 말았다. 내친김에 데이지 남편과 합류, 런던 시내의 펍에서 푸짐하게 먹고, 켄싱턴 공원에서 자전거도 타고, 시내에서 쇼핑하고 지하철을 타고 그녀의 집까지 가게 되었다. 윔블던 역을 지난 곳, 아담하고 소박한 그녀의 집은 세 식구가 살기에 알맞아 보였다. 하룻밤 자고 가라는 그녀의 청을 물리치고 나는 어둠에 젖은 런던 시내를 지나 숙소로 돌아왔다. 진하고 깊은 런던의 밤을 달리며 데이지와 나는 예전처럼 재잘대고 깔깔거렸다. 이후 열흘 동안 유럽 몇 개국을 돌고 집으로 돌아왔다. 찰나를 담은 여행 사진을 보며 데이지와 함께한 그 순간을 영원히 기억하리라 다짐했지만 이후 몇 번의 통화, 이메일, 메신저를 주고받다가 또다시 멀어졌다.

이번에 받은 데이지의 이메일은 단맛 깊은 빵처럼 달콤하기 그지없다. 첨부한 아이들 사진은 데이지가 얼마나 예쁘고 열심히 살았는지 증명하는 모양새다. 답장을 보내니 금세 데이지가 답장을 보낸다. 주고받은 새 전화번호처럼 그녀와 나의 인연은 이제부터 시작이다. 그녀와 만나는 날이 어서 오기를 꿈꾼다. 물리적인 거리를 넘는 길은 한낱 마음에 있으니 이제는 머뭇거리지 말고 시간도 공간도 뛰어넘어 그녀, 내 친구 데이지에게 달려가리.

이허와 저저의 밤

음악의 맛

음악을 튼다. 퀘스천 오브 컬러. 금세 공간은 그녀의 목소리와 읊조리는 그의 목소리로 넘실댄다. 프랑스 소설가 파스칼 키냐르는 꺼풀이 달린 눈과 달리 귀는 꺼풀이 없어서 닫을 수 없다고 했던가. 그저 들어야 한다면 잘 선택하고, 신중하게 고르고, 아낌없이 마음을 열어야 할 터. 금세 경계를 넘어오는 음악을 가슴 벅차게 보듬는 일은 오롯이 내 몫이다. 아티스트의 진심이 몰려오고, 악기의 음색이 향기롭고, 선율의 리듬이 출렁일 때 우리는 '역시'라는 낱말을 뱉는다. 음악의 울림과 내 심장의 공명이 하나가 되는 시간은 '다시'라는 낱말과 합쳐 길고 긴 여정을 준비한다. '역시'와 '다시'를 왕복하는 음악은 곱씹을수록 맛이 나는 담백한 요리를 닮았고, 들을수록 재미나는 옛이야기처럼 그윽하다.

어떤 음악을 듣는가는 타인과 나를 구분 짓는 좋은 방법이다. 음악만큼 세대 차가 뚜렷하고, 취향 차이가 드러나고, 개성이 묻어나는 것은 없기 때문이다. 문득 가사를 생각하며 듣다가 타인을 부르는 호칭에 생각이 머문다.

나는 타인을 어떻게 부르고 사는가? 많은 이들이 이누이트를 에스키모라 부르고, 초몰룽마를 에베레스트라 부른다. 어떤 가수는 아예 팬을 삼촌이라고 부른다. 이른바 삼촌 나이쯤 되는 팬들이 많이 생겨 부른 모양이지만 마뜩잖다. 왠지 삼촌이라는 호칭에 기대 가수 활동을 하는 것처럼 보인다. 어린 여자 가수와 나이 지긋한 팬 사이의 친밀함을 내세우는 마케팅이 내겐 일종의 롤리타 증후군을 교묘하게 포장한 것처럼 보인다. 지나친 생각일지 모르지만 나는 이제 그 가수가 오롯이 음악만으로 팬들과 교감하기를 바란다.

요즘은 남편을 오빠라고 부르는 이들이 제법 많다. 텔레비전 프로그램에서도 남편을 으레 오빠라고 일컫는 이들이 심심치 않게 나온다. 아이 앞에서도 그렇고 시부모, 친정 부모 앞에서도 그렇다. 연애 시절, 오빠라 불렀더라도 결혼을 하고 아이가 생겨도 계속 남편을 오빠라고 부르는 까닭은 뭘까? 물론 습관을 고치기 힘들다고, 어떻게 부르든 무슨 상관이냐는 답도 많을 것이다. 많은 이들이 이미 그렇게 부르니 대수롭지 않게 생각할지도 모른다. 더 자연스럽다고 느낄지도 모른다.

호칭은 관계의 위상을 보여주는 기본인 동시에 잣대이다. 이런 관점에서 남편을 오빠라고 부르는 일은 한 번쯤 생각해볼 만한 일이다. 무릇 부부 관계의 기본은 수평이자 평등이다. 오빠와 여동생은 아무리 생각해도 평등한 관계를 나타내는 호칭은 아니다. 오히려 수

이허와 저저의 밤

직적이다. 결혼해서 계속 오빠라는 호칭을 고집(?)하는 것은 자연스럽지도 바람직하지도 않지 싶다.

지아비와 지어미, 남편과 아내, 허즈밴드와 와이프, 집사람과 바깥양반, 신랑과 색시, 영감과 마누라, 서방님, 낭군님 따위처럼 부부를 일컫는 낱말은 많다. 시대가 변하고 세월이 흐르면서 변했다. 여보, 당신이라는 호칭 대신 남편을 아빠라고 부른다고 개탄하는 목소리가 높던 시절도 지나갔다. 오빠가 아빠 된다는 우스개도 생각난다. 불평등한 호칭으로 부르다 보니 부부 간에 통용되는 말도 많다. 혼이 났다느니, 허락을 받는다느니 하는 말이 그것이다. 둘 다 수직적 관계에서 나오는 말이라 생각한다. 수평적인 관계에서는 결코 쓰지 못할 말이다.

세상을 올바르게 사는 일은 어쩌면 타인을 제대로 부르고, 다른 누군가가 나를 잘못 불렀을 때 제대로 고쳐주는 일일 터. 오빠와 동생 관계에서 수평적인 부부 관계를 기대하기란 어렵다. 적절한 호칭을 부르는 것은 올바른 삶의 태도의 첫걸음이라 생각한다.

묵직한 노래가 계속 흐른다. 불평등을 세상에 외치는 그들의 함성은 되풀이된다. 가수의 목소리는 음악의 숲을 떠도는 정령처럼 웅숭깊다. 더할 나위 없다는 말이 어울리는 순간, 찰나의 시간이 쌓여 억겁의 영원으로 변한다. 가수의 목소리는 아름드리나무가 가득한 숲, 나무 기둥 사이를 뚫고 직진하는 굵은 빛줄기처럼 절정을 향해 치솟는다. 다시 그들의 목소리가 그리울 무렵, 이 노래를 또 들을 것이다. 가사에 담은 마음, 노래 이면에 숨은 이야기를 세세하게 기억하리라. 피부의 빛깔로 타인을 짓밟고 억압하던 시절, 타인을 부르는 잘못된 호칭, 직위가 지배하는 세상을 벗어나 동등하고 평등하게 서로를 마주하는 세상을 꿈꾼다.

이허와 저저의 밤

골라, 골라

리듬을 섞어 외치는 상인의 소리가 발길을 잡는다. 고만고만한 물건들이 섞인 진열대에서 물건을 고르는 것은 쉽지 않다. 물건을 잔뜩 쌓아놓은 진열대는 편평하고, 밑바닥까지 훑을 만큼 깊거나 높지도 않다. 물건을 고르는 이도 파는 상인도 보채는 일이 없다. 그저 묵묵하게 선택하고 값을 치를 때까지 기다린다. 상품의 질은 보잘것없지만 부담 없는 가격에, 가끔 내게 딱 맞는 물건을 발견할 때도 있다.

상품을 고르는 일부터 배우자를 선택하고 일자리를 찾는 것까지 사람의 인생은 선택의 연속이다. 굳이 프로스트의 「가지 않은 길」을 떠올리지 않더라도 누구나 선택의 기로에서 흔들렸던 기억을 가졌을 것이다. 선택이 쌓여 관계를 만들고 인생을 만든다. 잘했든 못했든 혹은 능동적이든 수동적이든 선택은 시간이 지나면서 그 값어치가 매겨진다. 또한 선택의 책임은 몇 갑절로 다시 되돌아오기도 한다. 선택을 하는 것도 선택을 당하는 것도 그래서 어렵다.

얼마 전에 내로라하는 대기업에서 신입사원을 뽑는 방법을 바꾸겠다고 했다가 금세 기존의 방식대로 되돌아간 사건이 있었다. 물론 적은 비용으로 최대 이익을 얻는 것은 기업의 오래된 존재 이유이고, 적재적소에 맞는 인재를 가려 뽑는 일은 기업의 당연한 권리일지도 모른다. 특정 기업에서 신입사원을 채용하는 일에 사람들의 의견이 분분했던 것은 걸러내기식 혹은 누군가에게 특혜를 주는 잣대를 들이대서다. 추천 인원의 차별은 대학 서열화, 남녀 차별, 지역 차별을 떠올리기에 충분했다. 선택의 잣대가 스펙이나 인맥 따위의 조건에 맞춰 휘어지는 고무줄보다 딱딱하지만 공정하고 엄격한 막대이기를 바라는 이들이 많으리라.

아이와 함께 이런저런 대화를 하면서 시청하는 텔레비전 프로그램이 있다. 시즌 2를 맞이해 '룰 브레이커'란 소제목을 붙인 오락물이다. 지난 회기보다 자극적인 상황이 펼쳐지고, 복잡한 규칙을 앞세운 게임을 통해 매회 우승자와 탈락자를 가른다. 게임 도중에 한 출연자가 이름표를 잃어버린다. 함께 당락을 겨루는 이들이 탁자에 놓인 이름표를 훔쳐 돌려주지 않은 것. 게임을 참여할 기회 자체를 뺏긴 그 출연자는 망연자실한 채 대부분의 시간을 흘려보낸다. 프로그램 말미에 이름표를 돌려받아 게임을 하지만 결국 그는 팀원의 거듭된 배신으로 탈락자가 된다. 기회를 뺏긴 자와 도둑질한 자와의 대결에서 도둑질을 한 자들이 승리하다니, 이름표를 훔치는 장면을 그대로 살린 편집에 할 말을 잃었다. 합세한 출연자들이 혐오스러울

이허와 저저의 밤

정도였다. 논란에 뒤를 이어 비도덕적인 출연자를 옹호하는 듯한 방송국의 입장을 담은 발표는 결국 프로그램의 공정성과 품질을 스스로 떨어뜨리는 결과를 낳았다.

일등이 되기 위해, 혹은 생존을 위해 배신을 일삼고, 편법을 살려 더 큰 세력을 규합해 상대를 제압하는 방식은 과정이 아닌 결과를, 이긴 편의 논리를 앞세운 방식은 현실과 똑같았다. 시청률을 담보한 과도한 포장이나 마케팅에 내가 소비되어버리는 것만 같아 화가 났다.

보르헤스의 「끊임없이 두 갈래로 갈라지는 길들이 있는 정원」이라는 소설 속엔 우리의 현실과는 다른 세계가 나온다. 즉, 시간이 없다. 끊임없는 갈림길의 어느 곳이든 내가 존재한다. 그런 세계에서 선택은 의미가 없어질지도 모른다. 허나 시간의 지배를 받는 우리는 선택을 하고 선택을 당한다.

오늘도 누군가는 선택의 갈림길에 다다를 것이다. 길을 택하기 전에 잠시 침묵하라. 침묵 속에서 곰곰이 되새기다 보면 가고자 하는 길이 보이는 경우가 많다. 일단 무엇을 선택했다면 자신을 믿고 묵묵히 걸어보자. 어디선가 '골라, 골라'를 외치는 우렁찬 목소리가 들릴 때까지.

눈길의 패러다임

희미한 빛이 감도는 거실, 배우를 밝히는 핀 조명처럼 휴대전화기 액정 빛이 밝다. 화면을 넘기는 속도에 맞춰 전자 빛이 일렁인다. 그러다가 액정 화면이 일순 빛을 잃는다. 화면의 글자와 영상을 바라보던 눈이 초점을 잃고 흔들린다. 화면의 글자와 그림이 사라진 화면에 문득 다른 피사체가 어리비친다. 눈을 깜빡거리며 피사체의 정체를 탐색한다. 잠시 잠깐의 시각적인 혼돈, 시선의 흐림이 지난다. 눈을 깜빡이며 초점을 맞춘다. 액정 화면의 어둠에서 내 얼굴이, 화면의 빛 밖으로 밀려났던 내 얼굴이 비로소 보인다. 이렇듯 액정 화면에 반사된 내 얼굴을 보려면 눈의 초점을 조정하는 짧은 순간이 필요하다.

초점을 맞추며 재빠른 눈길로 얼굴을 살핀다. 두툼한 콧방울과 번들거리는 광대, 아래로 쏟아져내린 머리칼. 이 순간의 내 얼굴은 사랑하는 이와 만나고 들어와 낯을 붉히며 쳐다보던 거울 속 나를

이허와 저저의 밤

닮은 듯 아련하다. 그러나 초점이 딱 맞은 순간, 액정 빛에 반사된 내 얼굴은 마치 타인처럼 보인다. 또한, 어둠을 틈타 잠시 세상 보기를 하러 나온 검은 사자의 눈빛처럼 서늘하다. 흑백사진처럼 창백한 내 얼굴이 적나라하게 피어오를 때쯤 나는 액정 화면을 뚫어져라 바라본다.

화면 속, 어둠 속에서 내가 나를 마주 본다. 세상을 보는 초점과 나를 보는 눈길 사이에 존재하는 미세한 초점의 차이는 세상과 나의 틈새만큼 가까운 듯 멀다. 낯선 나를 바라보는 시간은 이렇듯 휴대폰이 오류를 일으키는 짧고도 짧은 순간이다. 휴대 전화가 내뿜는 빛에 이끌려 세상과 타인을 살피던 나는 휴대전화기의 어둠을 틈타 내 눈길의 깊이를 가늠하며 한숨을 쉰다.

며칠 전에 우연히 과학철학자의 강의를 들었다. 그는 자연현상을 연구하는 과학의 역사 중에서 과학혁명을 이룬 패러다임을 이야기했다. 천동설을 대체한 지동설, 태양을 비롯한 행성의 뜻, 우주에서 차지하는 태양의 위치, 시간을 거스르는 양자역학의 세계 따위를 예로 들며 과학적 혁명을 이야기했다. 코페르니쿠스와 뉴턴과 아리스토텔레스, 아인슈타인의 과학적 업적을 혁명의 관점에서 살핀 토머스 쿤이라는 과학자의 이야기가 흥미를 끌었다.

혁명이라는 낱말만큼 광범위하게 쓰는 용어가 있을까. 농업혁명, 인지혁명, 과학혁명, 사회혁명 심지어 자기혁명까지 우리는 수많은 것에 혁명이라는 낱말을 붙인다. 영어 혁명(REVOLUTION)의 어원에는 회전이라는 뜻이 숨었다고 한다. 패러다임이 없는 것에서 출발하여 정상과학, 변칙 사례 등장, 위기를 거쳐 새로운 아이디어와 혁명적인 패러다임이 나올 때까지 계속 변환하는 것은 과학뿐만 아니라 모든 세상사에 적용 가능한 이론처럼 들렸다.

또한, 진자 운동을 학파에 따라 달리 해석하는 패러다임을 설명했다. 진자를 보는 판단 기준, 즉 멈춤과 움직임을 보는 시각의 차이에 관해 이야기했다. '멈춤'에 방점을 두는 학파는 모든 물체가 중력의 방향인 아래로 직선운동을 한다는 사실에 초점을 맞춰 진자가 멈추는 순간을 중요하게 생각한 데 비해 다른 학파는 진자의 속성을 '움직임'에 둔다. 즉, 진자는 원래 끊임없이 움직이며 다만 주변의 간섭과 저항 때문에 멈추는 것이라고 설명하는 식이다. 두 개의 논리 중 어느 것이 맞고 어느 것이 틀린 것인지 혹은 두 개의 가설이 전부 맞는 것인지에 대한 논의는 차치하더라도 하나의 현상을 설명하는 기준이 여러 개라는 사실은 과학 분야뿐만 아니라 여러 학문에 적용 가능한 원리임이 틀림없다.

패러다임이 바뀌면 판단 기준이 달라진다는 당연한 사실을 참작하더라도 휴대전화기는 이미 세상을 지배하는 기계가 된 듯하다. 필요한 기능을 탑재하는 속도는 빛의 속도를 따라잡을 만큼 빠르게 느껴지니 말이다. 문득 패러다임, 즉 어떤 한 시대 사람들의 사고나 인식을 근본적으로 규정하는 이론적인 틀이나 체계 안에서 휴대전화기의 혁명은 어디까지 진행할까 궁금하다.

그럼에도 휴대폰을 비롯한 많은 전자기기는 발광 화면이 없으면 아무런 소용 가치가 없다. 텔레비전도 그렇고 컴퓨터도 그렇고 디지

이허와 저저의 밤

털 카메라, 휴대전화기는 말할 것도 없다. 아무리 성능 좋은 전화기라 할지라도 빛이 없으면 아무 소용이 없는 것처럼 아직은 빛을 대신할 혁명은 없는 것 같다. 희미한 거실의 빛이 없었더라면 내 얼굴이 반사되어 액정 화면에 비칠 리가 없으니 말이다. 전자 빛의 패러다임보다 역시 센 것은 반사하는 작은 빛을 잡아내는 내 눈길이 아닐는지. 모든 세상의 혁명은 눈길을 똑바르고 올바른 곳으로 향하는 것으로 시작되리니 잠시 발광체 화면을 끄고 반사되는 각자의 얼굴을 살피시길!

용서를 배우는 시대

　요즘 다양한 문제를 가진 사람들이 다른 사람의 도움을 받아 달라지는 과정을 보여주는 텔레비전 프로그램이 많다. 교육방송의 〈달라졌어요〉와 〈용서〉도 그런 프로그램 중의 하나다. 제목과 같이 〈달라졌어요〉는 상담과 치료를 통해 어려움에 처했던 사람들이 달라지는 모습을 보여주고 〈용서〉는 불화를 겪는 두 사람이 오지로 떠나 함께 어려움을 겪으면서 화해로 끝나는 여정을 보여준다.

　달라지는 과정의 대부분은 과외 받기다. 부모는 진정한 어른의 마음가짐을 배우고, 사장은 사랑받는 권위를 배우고, 부장은 부드러운 어울림을 배우고, 약사는 지루하지 않은 사명감을 배우며, 학생은 행복한 공부의 의무를 배우고, 선생은 아름다운 스승의 역할을 배운다.

　홀로 끙끙거리며 어려움을 해결하던 시대는 이미 갔을지도 모른다. 전문가의 도움을 받는 일은 어쩌면 당연하다. 유치원부터 과외를 받고, 학원이 익숙한 세대가 부모가 되는 시대이니 말이다. 자기 주도학습을 말하지만 아직도 우리는 선행학습, 학원 교습, 과외 따위의 사교육에 발을 담그고 있으니 말이다. 무엇이든 남보다 빨리 먼저 하고자 하는, 줄을 세우고 경쟁을 부추기던 마음이 서로의 마음을 꽁꽁 닫게 했을지도 모른다.

비록 누군가에게 뭔가를 배워야만 회복되는 관계라서 씁쓸하기는 하지만 상처를 드러내 치료를 받는 과정을 보노라면 남의 일 같지 않은 경우가 많다. 대부분의 출연자들은 눈물범벅인 채 어려움을 토로한다. 그럴 때 마음의 눈은 오롯이 자신을 향한다. 다른 이를 둘 마음의 자리가 없다. 드라마를 통해 현재 자신의 위치를 객관적으로 바라보고, 최면을 통해 깊숙이 가라앉았던 감정을 끄집어내 푼다. 간단한 그림으로 자신의 마음을 나타내고, 그림에 숨겨진 마음을 설명하는 전문가의 일갈에 당황하기도 한다.

여러 차례 객관적인 심리 상담을 받은 사람들은 비로소 제 마음을 향했던 눈길을 상대방에게 돌린다. 방향이 바뀐 출연자의 얼굴은 한결 평안하다. 나를 알아달라고 읍소하기보다 상대방의 마음을 헤아리는 편이 내 마음을 잘 보이는 길이라는 걸 깨닫는다. 점점 말수가 적어지고 서운한 말만을 일삼았던 남편의 행동이 실은 남편 자신의 상처를 드러내기 싫어서 생긴 방어기제였다는 걸 깨닫는다. 남편을 이해한 아내는 사랑을 듬뿍 주고 남편은 자신의 마음을 알아주는 아내에게 마음을 연다. 하나가 달라지면 둘이, 모두가 달라진다는 달달한 결말로 끝이 난다.

〈용서〉라는 프로그램은 불화를 겪는 두 사람이 외국의 오지를 찾아 여행을 떠나는 것으로 시작한다. 땀을 흘리며 산을 오르는 도중, 쉬는 짬짬이 둘은 속내를 털어놓는다. 해묵은 노여움은 금세 풀리지 않지만 녹는점은 불현듯 찾아온다. 척박한 환경에도 순박하게 정을 나누면서 사는 마을 사람들은 좋은 본보기다. 둘이 정을 나눴던 때를 떠올리고 마침내 화해를 하게 되는 과정을 보여준다. 누군가의 도움이 없지만 둘은 마음을 터놓고 따로 올랐던 길을 함께 내려온다.

〈용서〉를 보면서 이창동의 영화 〈밀양〉이 떠올랐다. 이청준의 단편 「벌레 이야기」를 원작으로 만든 영화다. 영화에서 아들을 죽인 범인을 용서하러 갔는데 도리어 그는 이미 용서받았노라 태연히 말한다. 용서하는 자와 용서받는 자 간의 불통으로 주인공은 괴로워했다. 누가 누구를 감히 용서할 수 있는가의 거대 화두는 제하더라도 불통의 어려움은 시대를 불문하고 지난하고 고통스럽다. 소통 문제는 가족을 넘어 학교, 사회 전반으로 넓어지는 추세다. 가족 관계가 단출해지고 예전과는 달리 경험치의 스펙트럼이 넓어지다 보니 생긴 현상이다. 한 번 어긋난 마음은 합쳐질 줄 모르고 반대편으로 질주하는 자동차처럼 멀어진다. 어그러진 관계에서 마음을 다친 사람들은 개인적으로 혹은 사회적으로 돌이킬 수 없는 결과를 낳기도 한다.

달라지는 것이 1인칭이라면 용서하는 것은 2인칭 시점인 것 같다. 달라지는 것은 개인의 일이요, 용서는 상대방이 있어야 하기 때

문이다. 혼자서 익히기보단 누군가의 지도를 받고, 교정을 받고, 가
르침을 받아야 하긴 하지만 내가 달라지면 세상이 달라진다 하지 않
는가. 달라진 내가 많아질 때 용서받고, 용서하는 우리가 많아질 것
이다. 내게 향했던 눈길을 다른 이에게 돌릴 때 용서는 저절로 따라
오는 선물이 되지 않을까. 나아가 더 이상 달라질 나도, 용서를 받을
우리도 없어질 시대를 기다려본다.

1따, 2뗏, 3명의 법칙

문단이 시끌시끌하다. 이름을 얻은 기성 작가가 습작을 빌미로 인간으로서 하면 안 되는 일을 저질렀기 때문이다. 피해자들이 조목조목 적어 내려간 글은 차마 읽기에도 버거운 내용으로 그득했다. 한 사람의 폭로로 시작된 피해자들의 진술은 일파만파 퍼져나가는 모양새다. 늙은 작가도 젊은 작가도 어린 습작생들에게 해서는 안 되는 언행을 서슴지 않았다는 폭로에 그저 기가 막힐 따름이다. 어리고 힘없는 처지인 사람들에게 자행되는 폭력은 인간 이하의 짐승이나 하는 짓이다. 흔히 말하듯 '개'라는 접두어를 붙여도 아깝다. 아니, 빗대어 말하는 짐승에게조차 미안할 정도이다.

경찰이나 검찰 조사를 받을 때 사람들은 세 단계를 거친다는 속설이 있다. 이름하여 1도 2부 3백이라는 법칙이다. 처음에는 도망가고, 두 번째는 잡아떼고, 결국은 자신을 구해줄 백(배경)을 찾는다고 한다. 문단 내 성폭력 사건도 마찬가지. 대부분 가해자는 처음에는

100 　　　　　　　　　　　　　이허와 저저의 밤

침묵으로, 다음에는 기억이 안 난다고 부정하다가 지금은 사과의 말을 몇 마디 던지고 마는. 이 사과의 말은 작가라고 하기에는 터무니없이 성의도 없고 진정성도 없어 보인다. 140자의 글자를 쓰는 게 고작인 SNS로 사과하는 작가의 말에 누가 공감할 것인가. 몇 글자의 트윗이 아니라 글을 다루는 작가라면 적어도, 절절한 마음을 담은 편지나 장편소설을 쓸 때처럼 간곡하고 절절하게 뼈아픈 반성의 말을 쏟아내야 하는 것 아닐까. 터질 게 터진 거라는 반응이 많지만, 작가로서 아프고 부끄럽기 짝이 없다.

언젠가부터 우리 사회에서는 예전에 B급으로 취급되던 문화가 다양성이라는 이름으로 용인되기 시작했다. 예술이라는 이름으로, 표현이라는 통로를 거쳐, 대중에게 발표되는 대부분 작품은 그들만의 잣대에 어울릴 만한 작품으로 가득했다. 철학이 거세된 작품을 대할 때면 자괴감이 올라왔지만 무딘 나의 감각을 탓하고 넘어갔는데 작금의 사태를 보니 그게 아니었다. 많은 독자가 그들의 작품을 걷어들이고 성토하는 동시에 문학과 멀어진다 생각하니 애달프다.

언어폭력과 신체폭력, 데이트 폭력, 강간 그 어느 것도 결코 일어나서는 안 되는 일을 작가라는 이름으로, 선배 기성 시인이라는 위치에서 태연자약하게 저질렀다는 상황을 어찌해야 하는지 모르겠다. 처음에는 경악하다가 지금은 분노한다. 아니 피해를 받은 모든 이들과 울고 싶은 심정이다. 그러다가 물대포에 맞아 쓰러져 죽은 농민이 자식들에게 했다던 당부가 생각났다.

"눈물은 해결하지 못한다. 네 생각을 떳떳하게 말하라."

우리는 왜 진작 이 말을 아이들에게, 힘없는 이들에게 말하지 못했을까. 많은 피해자는 폭력을 당하는 자리에서조차 떳떳하게 제 말을 하지 못한 경우가 대부분이었다. 나중을 생각해서, 혹은 자리를 차지한 권력에 주눅 들어서, 혹은 폭력에 길든 나머지 자존감을 잃어서였다. 어떤 피해자는 자신이 똑똑하지 않아서도 똑똑하지 않아서 그 일을 당한 게 아니라고 썼다. 그러면서 누구든 당할 수 있노라 담담하게 고백했다. 그렇다. 맞는 말이다.

내부 고발자가 되는 일은 어렵고 힘들고 많은 동료를 잃는 일이라 누구나 꺼리는 일이다. 똑똑한 이도 자존감이 상당한 이도 당하는 것이 상황의 논리와 권력의 속성일 것이다. 떳떳하게 제 의견을 말하는 일은 상당한 용기가 필요한 일이기 때문이다.

이제 인격을 짓밟고 아무렇게나 사과하는 식으로 마무리되어서는 절대 안 된다고 생각한다. 좋은 게 좋은 거라는 말은 이제 뒤집혀야 한다. 누구에게 좋은 것인지 따져보고 정말로 그런 것인지 끝까지 추적해볼 일이다. 갑과 을의 논쟁에서 시작된 차별의 문제뿐만 아니라 문단 내 성폭력 사태는 1따 2떳 3명으로 바뀌어야 한다. 즉, 하나, 정확하게 따져 파악하고 둘, 떳떳하게 의견을 개진하고 셋, 명명백백하게 사실과 진실을 밝혀내야 할 것이다. 가해자로 지목된 작가의 대부분이 고작 몇 마디로 사과하고 활동을 중단하고 책을 내지 않는다는 식의 행보를 보이는 것은 결코 해결책이 아니라 생각한다. 법의 테두리 안에서 처벌을 받는 동시에 처절한 자기반성에서 오는 그들의 사과문을 당사자에게 보내야 할 것이다. 끝으로 문단으로 들

이허와 저저의 밤

어오려는 이들에게 한마디 하자면 결코 문학은 죽지 않으며 문학은 영원하다는 것을 말하고 싶다. 새롭지 않고 고답스럽지만 사실이다. 아직도 문학의 힘을 믿으며 면벽하는 수도자처럼 정진하는 이들이 우리 곁에 많다. 문학을 꿈꾸는 이들이여. 와서 함께 진흙탕을 걷어 내봅시다. 1따, 2떳, 3명의 법칙으로.

가을, 무서운 이야기들

가을이다. 겨울을 나려는 나무들이 제 몸을 떠는 때이다. 곱디고운 단풍을 보며 감탄을 하고 들판으로 산으로 나들이를 가고, 고래와 바람을 노래한 시 낭독회, 마음을 모아 줄다리기를 하는 마을 잔치가 열리는 시간이다. 코발트 빛 하늘과 어울리지 않은 색이 무에 있으랴마는 역시 가을 하늘은 깊은 붉음과 기막히게 어울린다. 그러나 나는 이 가을이 무섭고 두렵다. 무섭고 두렵다니 뜬금없다고 생각하는 이들이 많을지도 모른다. 다른 이들과 마찬가지로 그동안 나도 가을은 그저 좋은, 생활하기 좋고 생각하기 좋고 놀기 좋은 계절이라 여겼기 때문이다. 가을을 무섭다고 생각한 것은 이번이 나도 처음이다.

이슈가 되는 일들을 복기하듯 재연하는 텔레비전 프로그램을 봤다. 납치, 살인, 시신 유기 그리고 잡히지 않은 범인까지 으스스한 사건의 경위를 낱낱이 보여준다. 특히 피해자 당사자의 생생한 증언

이허와 저저의 밤

은 그것이 한낱 꾸민 이야기가 아닌 실제 사건임을 때때로 시청자에게 각인시킨다. 어둠 속에서 피해자가 겪은 공포와 떨림을 생각하니 금세 온몸에 소름이 돋는다. 찹찹해지기 시작하는 공기 온도가 더욱 썰렁해진다. 괜스레 멀리 떨어진 가족의 안부를 확인하고 싶은 마음이 든다. 사건 해결의 실마리를 제보해달라는 당부로 프로그램은 끝이 났다.

이후 사건 사고 뉴스를 주목하면서 두려움은 배가되어 나를 옥죈다. 용인의 캣맘 사건, 차를 훔친 십 대들의 야간 질주, 휴가 나온 군인이 저지른 묻지 마 범죄까지 일면식도 없는 사람들 간의 얽힘이 대부분이다. 범죄를 저지르는 유형과 나이가 다양해지고 어려진다고 하니 더 걱정이다. 또한, 간간이 나타나는 총기 사건은 이제 우리나라도 더는 총기 미사용 국가가 아니구나 하는 섣부른 걱정마저 하게 한다. 세상일에 걱정이 많고 두려움이 많아지면 늙은 것이라 하던데 차라리 내가 가을을 무서워하는 까닭이 나이가 든 탓이라면 좋겠다.

가을 극장가에서도 한여름에 틀 법한 공포영화들이 많다. 뉴스로 다뤄질 만큼 말이다. 내용이 허술하지도 구성이 헐겁지도 않아 보이는 스릴러 영화들이 줄줄이 가을 개봉을 앞두었다니 희한한 일이다. 찰나의 공포로 한여름 더위를 쫓곤 하던 추억은 이제 가을의 몫이 되어버린 것인가. 가히 무서운 가을의 전성시대가 돌아온 것일까. 하긴 계절을 거꾸로 사는, 여름의 찌는 더위를 에어컨으로 날리고, 겨울엔 한여름처럼 난방을 펑펑 해대면서 사는 우리에게 계절이, 가을이 무서운 게 무슨 대수이랴.

별, 밤, 희망을 노래하던 윤동주가 남긴 산문 중에 남대문을 소재로 하여 쓴 글이 있다. 윤동주에게 어느 사람이 묻는다. "자네 매일같이 남대문을 두 번씩 지날 터인데 그래 늘 보곤 하는가?" 질문을 받은 윤동주는 아연해진다. 기억을 더듬어도 하루에 두어 차례 지나고 심지어 그 자국을 밟은 이래 한 번도 남대문을 쳐다본 적이 없기 때문이다. 윤동주는 '횟수가 잦으면 모든 것이 피상적이 되어버린다'는 교훈을 얻었다며 글을 마무리한다. 그동안 가을이 두렵지 않았던 답이라도 얻은 듯 나는 한동안 글에서 눈을 떼지 못했다. 그동안 가을은 어쩌면 내게 횟수가 잦은, 어김없이 왔다가 가는 피상적인 남대문 같은 존재였을지도 모른다 생각하니 가을이 두려워진 것이 새롭게 느껴지고 기분이 좋다. 무서운 가을을 피하지 말고 한껏 누리자는 다짐도 든다.

이제 곧 나뭇잎이 떨어지고 갈바람이 세차게 불 것이다. 계절의 끝자락에 다다르면 가을의 무서움이 옅어질지도 모른다. 관통하는 사유의 끝을 보여주는 윤동주와 백석, 한용운의 시를 읽다가 잠이 드는 때가 곧이다. '기룬 것은 다 님'이라 외치던 한용운의 마음가짐을 빌려 '무서운' 가을을 그리워할 따뜻한(?) 겨울을 기다린다.

이허와 저저의 밤

감동이 깃든 원칙

'드디어' 끝났다. 물론 대통령 선거 이야기이다. 숨 가쁘게 달려왔다는 표현 외에 다른 꾸밈말이 필요 없는 선거 과정. 그 마침표는 새로운 대통령이 취임 선서를 하고 국민께 드리는 말씀이라는 대국민 메시지를 전하는 따위의 간단하고 소탈한 취임식이 되었다. '드디어'라는 부사를 사전에서 찾아본다. 무엇으로 말미암아 그 결과로. 마침내. 결국이라는 풀이말로 '드디어'를 설명한다. 비슷한 말은 마침내, 기어이, 끝내, 끝끝내, 결국, 결국이라는 낱말이 나온다. 새삼스럽게 드디어라는 낱말이 다가온다.

안경을 쓴 사람은 대통령이 될 수 없다는 허무맹랑한 이야기부터 공공연하게 골든 크로스를 꿈꾸던 후보까지 근 백여 일을 우리는 정치 속에서 살았다. 선거 때마다 나는 투표로 내 의사를 드러내는 한 명의 유권자에 지나지 않았지만, 이번처럼 선거가, 투표가 흥미로웠던 적이 없었다. 선거가 이렇게 재밌는지 몰랐다. 저마다의 색깔로 우리나라를 이끌겠다고 출사표를 던진 후보들의 한마디, 한마디와 행동에 관심을 기울인 적도 없었다. 그저 그들만의 리그를 연다고 투덜거렸고, 멀디먼 나라의 일인 양 정책을 살피지 않던 지난 대선, 총선, 지방선거와는 달리 그들의 토론을 지켜보고, 정책 공약을 살피고, 여론 조사에 적극적으로 참여했다. 물론 내가 지지하는 후보의 장점과 이유를 주변 아는 이들에게 알리는 일도 했다.

그러면서 잊고 살았던, 정치가 나를 온전히 바꾸지는 못하지만 적어도 세상을, 미래를 바꾸는 제도라는 것을 다시금 떠올렸다. 또한, 원칙이 없는 세상이, 편법이 판을 치는 세상이, 거짓말을 일삼는 이를 그대로 내버려두는 것이 우리를 포함하는 미래 세대에게 얼마나 커다란 원죄를 짓는 일인지를 깨닫는 기간이었다.

빈 광장을 꽉 채운 촛불 민심, 현 대통령 탄핵, 조기 대선을 치르면서 우리는 각자 지닌 국민의 지위와 권력이 얼마나 크고 막중한지를 다시 한번 알게 되었다. 또한, 우리가 정치에 눈감은 동안 얼마나 많은 정치 제도와 정치인들이 세상을 제멋대로 주물렀는지, 우리가 얼마나 그들에게 휘둘리며 살았는지를 적나라하게 드러냈던 장미 대선 기간이었다고 생각한다. 이번 대선을 시작으로 감았던 눈을 뜬 유권자들이 많으니 이제부터 정치를 꿈꾸는 이들이여, 긴장하길 바란다.

새롭게 대통령이 된 이의 외침은 나라를 나라답게, 든든한 대통령이었다. '~답게'라는 말에서 '답게'를 나는 '원칙'이라고 읽는다. 사람답게, 남편답게, 학생답게, 개답게, 정치인답게, 작가답게라는

이허와 저저의 밤

말은 모두 원래의 뜻에 가장 가깝게 행동하고 실천하라는 행동 지침인 까닭이다. 새롭게 우리나라를 이끌 이의 다짐이 반갑다. 원칙 앞에서 아무도 자유롭지 않아서이고 보통, 비밀, 평등, 직접 선거의 원칙으로 국민으로부터 권력을 위임받은 이가 내세우는 것이기에 더 그렇다.

세상에서 가장 어려운 지침이 ~답게라는 말일지도 모른다. 원칙 앞에서 누구도 자유롭지 않다. 그만큼 원칙은 힘이 세다. 원칙을 내세우는 이에게 사람들은 유연성을 빗대 비난하곤 한다. 그러나 원칙은 지키라고 생긴 것이며 안 지키는 이들이 잘못된 것이리라. 물론 잘못된 원칙은 고치고 보완해야 할 일이다. 절대라는 말과는 어울리지 않는 말이 원칙인데 간혹 절대와 함께 쓰는 이들이 많아서 원칙이라는 낱말이 오염되었다고 생각한다. 그래서 감동이 필요하다. 원칙에 감동이 섞이면 새롭고 맛이 기막힌 분자요리가 탄생하지 않을까. 따뜻한 온기가 깃든 원칙을 맛보고 싶은 요즘, 눈 뜨고 정치를 살핀다.

강물이 운반해 온 토사가 쌓여 강어귀에 이룬 모래톱이 삼각주다. 하류에 이런 삼각주가 생기려면 강가나 바닷가의 넓은 모래벌판이나 모래가 쌓이고 쌓여야 한다. 모래가 쌓이면 물길이 바뀐다. 그 물길을 따라 작은 삼각형이 생기고 끝내 비옥한 땅이 생기는 것처럼 작은 원칙이 모여 큰 법이 되고 든든한 도덕이 된다고 생각한다. 좋은 정치가 우리 곁을 지키려면 그 첫발은 원칙을 지키는 것이 아닐까.

"정치에 관심이 많으신가 봐요?

함께 모임을 하는 이가 내게 묻는다. 그 물음에 나는 그저 웃었다. 우리나라 정세가 많은 이들을 정치에 눈 돌리게 하지 않았냐고, 광장으로 모이게 하지 않았냐고 되묻고 싶었지만, 말을 삼켰다. 정치인의 행동을 두고 다른 품사로 풀이하는 것을 적잖이 보아온 터, 관심이라는 낱말이 주는 뜻도 물론 천지 차이. 묻는 이의 속내가 보였지만 말을 아꼈다. 대선 토론을 지켜보는 동안 배운 원칙, 조금 더 부드러운 사람이 되자는 원칙을 세운 덕분이었다. 대립에 감동은 오지 않기 때문이다.

물론 정치는 끝도 아니고 시작도 아니다. 사람들이 사회를 일구고 사는 한 계속될 것이다. 많은 이들이 함께하는 일에는 무엇보다 원칙이 중요하다. 원칙이 무너지면 처음에는 티가 안 날지도 모른다. 조금씩 천천히 변하는 물길처럼 말이다. 작은 원칙부터 지키고 보듬다 보면 커다란 원칙도 세우고 지켜질 것이라 본다.

민주시민답게, 제1권력자인 국민답게 삶을 이어가고 싶은 소망을 비는 오후, 미세먼지가 없는 파란 하늘이 더욱 높고 깊다. 감동적인 봄날이다.

이허와 저저의 밤

3부

저저

단 한마디

혹시 탈출 게임을 아시나요? 그게 뭐냐구요? 바로 인터넷 검색을 하는 당신. 맞아요. 요즘은 무엇이든 검색하면 답이 나오는 세상이죠. 검색어를 치고 엔터 키를 누르는 순간 경쟁이라도 하듯이 많은 자료가 쏟아집니다. 사이트, 블로그, 동영상, 게시판, 연관 검색어니 하는 온갖 정보가 화면에 빼곡하지요. 제목만 살짝 보여주니 뭘 클릭할지 망설여집니다. 너무 많은 정보 때문에 혼란이 오기도 합니다. 맘에 드는 낱말이 보이나요? 클릭하세요. 평소처럼 말입니다.

검색 결과 중에 제일 먼저 당신이 누른 페이지는 뭔가요? 당신은 검색한 자료의 전체 페이지 중 몇 쪽까지 넘기나요? 당연히 첫 페이지 맨 위라구요? 그렇다면 당신은 순하게 사는 타입이군요. 그저 세상에 맞춰 사는지도 모르구요. 분명 고분고분한 성격일 거예요. 싸움은 질색이고 뭐든 수긍하는 편일지도요. 상대방이 내놓은 의견이

맘에 들지 않아도 그냥 넘기면서 말입니다. 내 생각보다 다른 이의 판단을 믿는 편일지도 모르겠군요. 침묵이 최선의 대책이라고 생각한 적도 많을 거구요. 혹 소문을 잘 믿고 전파할지도 모르겠네요. 그렇지 않다고요? 어떻게 단편적인 사실로 전체를 아우르냐고요? 맞습니다. 많은 이들이 그렇게 삽니다. 저도 그렇구요. 지시를 따르고 규칙을 준수하고 순종하고 대세를 따르라 아이들에게 얘기합니다. 담대한 용기가 필요할 때도 주춤거립니다. 작은 결정들이 삶을 송두리째 바꾸는데도 말입니다.

가끔 일상의 탈출을 꿈꾸곤 합니다. 여행을 가거나 혹은 평소와는 다른 시간을 보내려 하지요. 지난한 일상이 되풀이될수록 그렇습니다. 자, 이제 탈출 게임이 뭔지 감이 잡혔을 겁니다. 몇몇 개의 단서를 이용해 한정된 공간에서 나오는 소소한 게임이지요. 게임을 끝마치고 나면 대개 화면에 이런 자막이 뜹니다.

'그레이트 이스케이프'

위대한 탈출! 해보고 싶은 멋진 일입니다. 특히 햇살 좋은 봄에 말입니다.

그런데 올봄은 내내 허무합니다. 애달프고 애달픕니다. 꽃이 빨리 진 까닭도, 백 년의 고독을 넘어 영원한 고독으로 돌아간 콜롬비아의 소설가 가브리엘 마르케스 때문도 아닙니다. 바로 '세월호'의 참변 때문입니다. 꽃보다 진했던 수백 명이 영원한 침묵 속에 잠겼습니다. 제자리에서 묵묵히 기다린 그들과 다르지 않은 나를 봅니다.

이허와 저저의 밤

"탈출하라!"

이 단 한마디가 그렇게 어려웠을까요? 희생자의 가족들은 말할 것도 없고 많은 이들의 일상이 흔들리고 비틀거립니다. 안타까움이 뒤섞인 눈물 뒤에 분노가 치밉니다. 아이들을 품은 바다가 원망스럽습니다. 되돌아보면 볼수록 알면 알수록 아쉽고 아쉽습니다.

일상으로 돌아오지 못한 수백 명을 목도한 후 '탈출'은 다른 의미로 다가옵니다. 탈출은 결코 떠남, 혹은 벗어남이 아닙니다. 복귀가 담보되지 않은 떠남은 의미가 없습니다. 지난하기만 했던 일상이 참을 만하다고 느낄 때 탈출은 위대해질지도 모릅니다. 일상으로 돌아왔을 때 비로소 탈출은 완성됩니다.

몇몇의 책임을 묻기에 급급한 현실이 답답합니다. 촛불로, 노란 리본으로, 침묵으로, 국화로 마음을 표하는 것도 물론 좋지만 끝까지 살펴서 꼭 바꿔야 할 일이 많습니다. 이제 차가운 눈물을 흘릴 때입니다.

"위대한 탈출!"

그들의 희생을 이 말로 완성할 사람은 바로 당신, 아니 우리입니다.

뉴스를 보면서 문득

3월, 유치원부터 대학교까지 새 학기가 시작되는 즈음이다. 몇 번의 입학과 졸업을 통해 우리는 '학벌'이라는 무시무시한(?) 이름을 얻는다. 부모가 아이에게 주는 최고의 선물이 좋은 학벌이고, 아이를 비롯한 모두의 인생에서 절대로 변하지 않는 것이라는 어느 입시 전문가의 말은 우리가 얼마나 학벌에, 세칭 알아주는 학벌에 찌들어 사는지를 보여준다. 드라마 〈스카이캐슬〉 속 사건들은 가상이 아닐지도 모른다.

유치원 입학은 이후 십수 년 이어지는 학교 생활의 시작. 학부모와 아이들 모두 관심이 생길 수밖에 없다. 이즈음까지 시끄럽던 사립 유치원 문제는 일단락되었지만, 여전히 불씨는 남았다는 뉴스를 보면서 문득 예전의 일이 떠올랐다.

고등학교 1학년 수학 시간. 선생이 몇 개의 번호를 불렀다. 아마 그날의 날짜로 끝나는 번호순이었거나 앉은 순서의 횡이거나 열이

이허와 저저의 밤

었을 것이다. 내가 받은 문제는 그다지 어렵지 않은, 난이도 중 정도의 문제였다. 나는 분필을 잡고 풀이를 적어 내려갔다. 중간에 약간 막히기는 했지만 수월하게 답을 적었다. 우리가 문제를 푸는 동안 선생은 교실을 맴돌듯 걸어 다녔다. 호리호리한 몸집, 날렵한 콧날과 처진 눈꼬리, 얇은 입술과 창백한 낯빛의 선생은 왠지 수학이라는 과목과 어울렸다. 엄격하지 않지만 그렇다고 녹록하지도 않은 선생의 태도는 학생과 열 걸음 이상 떨어진 것처럼 보였다.

마지막으로 문제를 푼 아이가 들어가자 선생은 칠판을 향했다. 풀이 과정을 눈으로 점검하던 선생은 내가 적은 답 위로 커다랗게 X자를 그렸다. 자리에 앉은 내 얼굴은 금세 붉게 달아올랐다. 그 뒤로 두어 개의 X자가 더 칠판에 떠올랐다. 선생은 문제를 틀린 아이들을 다시 앞으로 불렀다. 나는 일어나 걸음을 뗐다.

선생이 갖고 다니던 막대를 잡고 허공에서 한 바퀴 돌렸다. 우리는 칠판 쪽으로 몸을 돌렸다. 내 눈에 분필 가루가 소복한 칠판 아랫부분이 보였다. 자, 선생의 한마디에 우리는 실내화 한쪽을 벗은 후 선생 쪽으로 발바닥을 내밀었다. 선생은 몇 차례 발바닥을 내리쳤다. 실내화를 다시 꿰고 자리로 돌아오는 그 순간이 그렇게 길 수가 없었다. 사실 선생이 때리는 발바닥은 그다지 아프지는 않았다. 다만 많은 이에게 등을 보인 채 서서 발바닥을 맞는 행위는 뭔가 모욕을 당한 듯한 기분이 들었다.

선생은 문제 풀이를 계속했다. 내가 푼 문제를 살피던 선생의 백묵이 순간 멈췄다. 풀이 과정을 따라가던 선생의 눈길이 빠르게 움직였다. 곧이어 선생은 내 답이 맞다고 했다. 이 문제를 푼 학생이 누구냐는 선생의 질문과 함께 아이들의 눈길이 내게 꽂혔다. 잠깐의 정적이 교실을 삼켰지만 그뿐이었다. 수업이 계속되었고 나는 발바닥을 내리치던 선생의 손길과 막대가 닿던 발바닥의 아릿한 아픔을 잊을 수 없었다.

이후 수학 선생은 나를 따로 불러 문제집을 내밀기도 했고, 때로 용기를 북돋아주는 말을 건네기도 했다. 그렇지만 나는 선생이 내민 손길을 선뜻 잡을 수 없었다. 그러기엔 내가 그동안 겪은 선생들의 가식과 두 얼굴이 너무 많았던 탓이었다. 초등학교 선생들은 차별과 구별을 모르는 이들이었으며, 중학교 선생들은 자신의 욕망에 눈이 먼 자들이었으며, 고등학교 교사는 일상에 치이고 재단에 밟히는 그런 나약한 존재들처럼 보였다. 대학 교수들은 또 어떻던가? 개인의 욕망에 사로잡혀 자리와 명예와 권세에 찌든 집단들이 아니던가. 지금까지도 그날의 수업 시간은 씻을 수 없는 기억으로 남았다. 나처럼 억울한(?) 일을 당하는 아이들이 얼마나 많을까를 생각하면 작금의 유치원 사태는 남의 일 같지 않다.

얼마 전에 『라틴어 수업』이라는 책을 읽었다. 강의의 중심인 라틴어를 배우는 것 외에 여느 인문학 강의를 듣는 양 여러 이야기가 섞여 있었다. 라틴어는 인도유럽어의 어원이다. 언어 체계의 갈래가 복잡한, 배우기도 가르치기도 어려운 말이다. 저자인 한동일 역시 라틴어처럼 촘촘하고 복잡한 문장을 쓴다. 책의 끝부분인 학생이 선생에게 보내는 편지는 흡사 용비어천가를 닮은 듯 한결같았다. 선생

이허와 저저의 밤

과 제자의 자리에서 한 치도 벗어나지 못한 모습이었고, 강의를 듣고 반성하고 다짐하는 글투성이였다. 내게는 사족처럼, 왠지 그들만의 리그처럼 느껴져 씁쓸하기도 했다. 선생에게 강의를 듣고 반성하고 다짐하던 그들이 어떻게 사는지 궁금하기도 했다.

한바탕 입시를 치르고 나면 어김없이 졸업과 입학이 온다. 물론 좋은 선생 한 명이 세상을 바꾸기는 어렵다. 그럼에도 불구하고 새 봄, 새 학기를 시작하는 모든 학생의 안온한 출발을 기원한다. 물론 선생들에게도.

다시 '능구(能久)'

오랫동안 자꾸 반복하여 몸에 익어버린 행동을 우리는 버릇(습관) 이라 부른다. '좋은' 혹은 '나쁜'이라는 형용사를 붙여 쓰임새를 구별 하기도 한다. '세 살 버릇 여든까지 간다' 혹은 '제 버릇 개 못 준다' 따위의 몇몇 속담으로 속성을 풍자하기도 한다. 또한, '없다'와 함께 쓰는 '버르장머리 없다'라는 말은 듣기에도 하기에도 그다지 내키지 않는 말이다. 행동으로 굳어진 버릇이 인생을 바꾼다고 여기는 이들 도 제법 많다. 많은 이들의 행동 양식이 쌓여 사회적 관습 내지 관행 이 되고 나아가 특정 지역의 독특한 문화로 이어지기도 하니 왜 안 그럴까. 개인의 나쁜 버릇이 모이고 모여 적폐가 되는 것일지도 모 른다는 생각에 버릇이란 것이 무섭기까지 하다.

어느 철학자의 강의에서 '능구(能久)'라는 말을 알았다. 능구는 몸 을 쓰는 무술과도 통하고 이른바 생활 습관, 버릇과도 관계를 맺는 다고 한다. 그 철학자는 어떤 일을 잘하기 위해선 아니 습관이 되기

이허와 저저의 밤

위해선 삼 개월의 시간이 필요하다고, 어떤 일을 삼 개월 동안 하다 보면 저절로 습관이 든다고 했다. 이른바 능구 삼 개월, 곧 백 일 가까운 기간 동안 한 가지 일을 해야 그 행동이 버릇이 된다는 말이다.

사실 백 일 가까이 똑같은 일을 하기란 생각보다 어렵다. 결심을 굳게 해도 사흘을 가지 못한다는 작심삼일이 괜히 나왔겠는가. 작심삼일을 연거푸 서른 번을 해야 능구의 길이 열린다니 시작하기도 전에 한숨이 나온다. 주변 상황이 따라주지 않는다고, 타인이 도와주지 않아서 그렇다고 불평을 해보지만 결국 모두 자신의 탓이라는 걸 알기에 더 그렇다. 새로운 습관을 길들이는 일은 이미 습관으로 굳어버린 내 행동 양식을 잘 살피는 일부터 시작해야 할지도 모른다.

요즘 새롭게 습관을 들이는 중이다. 갑자기 일을 시작하려니 자리도 없고, 기술도 없던 터, 일자리에 필요한 특정 기술을 배우는 기회를 얻었다. 예전보다 일찍 일어나 준비를 하고 집을 나선다. 종종걸음으로 횡단보도를 건너는 일도, 버스 정류장에서 도착 시각을 연거푸 확인하는 눈길도 바쁘기만 하다. 일정한 시간에 특정한 장소로 가서 시간을 보내는 일이 참 오랜만이라서 그런지 보름여밖에 지나지 않았는데 참 힘들다. 그동안 똑같은 시각에 집을 나선 남편이 얼마나 힘들었을지 생각하니 새삼 고마운 생각이 든다.

아침 풍경도 참 오랜만이다. 학교 앞 횡단보도에는 노란 조끼를 입은 어머니들이 나와 봉사를 하고, 멀리서 친구를 본 아이가 큰 소리로 이름을 부르며 달려오기도 한다. 비가 오는 아침은 더욱 바쁜 발길로 하루를 시작한다. 교육장에 도착해서 하는 첫 일은 출석 체크, 지문 인식으로 출결을 관리하는 방식에 따라 기계에 손가락을 대지만 연거푸 인식 오류가 난다. "온기와 물기가 필요합니다." 직원이 내 뒤에 늘어선 다른 교육생을 보며 말한다. 손가락에 입김을 불어 다시 대도 실패, 결국 손 크림을 바르고 통과. 교육장에 들어서니 대부분의 자리가 차 있다.

사정이 생겨 이틀 늦게 시작한 교육과정을 따라가느라 마음도 바쁘고 머리도 어지럽다. 첫날에는 아는 이도 없는지라 점심에 혼자 밥을 먹었는데 식당에는 나 말고 혼자 밥을 먹는 이가 제법 많았다. 그러고 보니 식당의 탁자 반 이상이 일인용이나 이인용처럼 작다. 혼밥이니 혼행이니 혼술이니 따위가 괜히 생겼겠는가.

바뀐 세상을 몸으로 느끼는 요즘, 하루 24시간의 물리적인 시간 속에서 내가 느끼는 심리적인 시간은 더디기만 하다. 몸에 익을 때까지 한참을 기다려야 할 것 같은 예감에 잠시 숨을 고르며 하늘을 본다. 보랏빛이 감도는 파란 하늘은 여전하다. 그 여전함에 까닭 모를 안도감이 밀려온다. 그러다가 이내 작은 한숨을 쉬는 나를 발견하고 만다. 능구의 길은 누구에게도 쉽지 않다던 철학자의 일갈을 떠올리며 발걸음을 내딛는다.

악기 연주자들이 조율을 하는 모습을 본 적이 있다. 세심하게 줄을 당기고 풀면서 음을 잡는 조율의 과정은 불협화음처럼 들린다. 연주가 시작되면 언제 그랬냐는 듯 악기의 음색은 서로 어우러지고 조화를 이룬다. 조율의 과정은 멋진 연주의 주춧돌이지 싶다. 지금 나는 아직 조율의 시간을 보내는 중. 능구를 거치면 멋진 연주를 할 수 있으리.

이허와 저저의 밤

드라마를 찾아서

어릴 적부터 텔레비전 보는 것을 좋아했다. 일주일 텔레비전 편성표를 외우다시피 한 어린 시절을 지냈다. 동네 만화방으로 텔레비전을 보러 간 기억도 있다. 만화영화를 비롯한 어린이 프로그램으로 시작한 텔레비전 시청은 온갖 장르로 점차 넓어졌다. 아버지가 뉴스를 보는 시간이 제일 참기 힘들었다. 도대체 어른들은 뉴스를 무슨 재미로, 저리도 열심히 보는 것인지 이해되지 않았다. 〈동물의 왕국〉이라는 프로그램도 마찬가지였다. 내게는 한없이 지겨운, 날마다 비슷비슷한 소식과 영상이 흐르는 프로그램이었다. 지금은 내가 뉴스를 시청 첫 순위로 꼽고, 〈동물의 왕국〉에 나오는 동물과 자연에 감탄하는 지경이다.

영화도 좋아했다. 주말 영화 시리즈는 빼놓을 수 없는 프로그램이었고, 영화배우나 감독 이름, 영화 제목을 줄줄이 꿰고 살았다. 끊임없이 제작되는 영상물 홍수 속에서도 지금도 그때 알던 배우, 감독, 영화적 지식은 내가 사는 데 혹은 글을 쓰는 데 적잖은 도움이 된다. 가끔 영화 제목이나 배우 이름이 생각나지 않고 가물가물하지만, 영화 소개하는 텔레비전 프로그램은 아직도 시청 첫 순위이다. 역시 영상이 주는 재미와 신기함은 지금까지 계속되는 달콤함이다.

며칠 전, 미국 드라마 시리즈인 〈왕좌의 게임〉이 방영되었다. 처음에는 그다지 흥미를 갖지 않던 드라마였다. 이른바 판타지 사극(?)은 그 차림새와 설정, 전개가 지나치게 과장되고 방대해서 진짜 먼 나라 이야기처럼 보였기 때문이다. 그러던 내가 날짜를 꼽으며 드라마를 기다린 것은 큰아이의 몫이 크다. 어느 날 큰아이가 내게 이 드라마를 아느냐고 물었다. 나는 그저 몇 번 스치듯 봤을 뿐이라 대답했다. 그러다가 나도 아이와 처음부터 함께 보기 시작했다. 시즌이 계속됨에 따라 이야기의 촘촘함과 인물이 주는 개연성이 다가왔다. 권력을 탐하는 자들과, 죽음까지 뛰어넘어 존재하는 밤의 왕까지 매력적인 캐릭터가 많이 나왔다. 수많은 이야기 속에서 명멸하는 캐릭터의 상황에 분노하고, 공감하고, 안타까워하고, 때로는 소름 끼치는 감정의 파노라마를 헤치다 보니 드라마에 푹 빠졌다. 물론 지나치게 잔인한 장면과 센 수위의 노출도 많은 편이다. 게다가 출생의 비밀은 이 드라마에서도 가장 힘이 센 장치로 나오는데 막장을 넘나드는 구조적 장치라기보다 아직까지는 그저 주인공의 정당성을 키우는 장치로 보인다. 비밀을 안 주인공이 어떤 선택을 할지 궁금하다. 드라마가 주는 재미는 역시 이야기와 인물의 연속성인 듯싶다.

드라마 〈왕좌의 게임〉을 방영한 지 8년, 시즌의 마지막이다. 각자

하나의 왕국을 차지한 이들에게 닥친 또 하나의 공통의 적이 생겼으니 그것은 바로 죽음으로도 소멸하지 않은 빙벽을 뚫고 나온 밤의 전사들이다. 시즌 마지막은 그들과의 거대한 전쟁을 보여줄 모양이다. 왕좌를 누군가 차지할 것이고 그 과정이 꽤 볼 만할 것 같다. 결국 '전쟁'으로 치닫는 드라마의 결말이 약간 씁쓸하기는 하다. 결국 수많은 죽음이 휩쓸아칠 것이다. 살아남은 자도 죽은 자도 결국 사라질지도 모른다. 드라마 제목처럼 한낱 게임으로 전락할지도 모를 일이다. 시청률이 뜨겁던 드라마들이 끝나면 금세 사그라지듯이 말이다.

드라마 끝에는 사족같이 실제 제작자와 극본가가 장면 하나하나에 담긴 그들의 의도를 설명하는 장면이 붙는다. 그 뜻을 간파하는 과정은 드라마를 보는 재미 못지않다. 시즌 첫 회가 끝나니 바로 큰아이한테 전화가 왔다. 서로 보고 느낀 감회를 나눴다. 아이가 느끼는 감정과 내가 느끼는 소회가 별로 다르지 않다. 한참을 시시덕거리며 통화했다. 멀리 떨어져 생활하는 아이와 가깝게 소통하는 느낌이다. 드라마가 주는 또 하나의 선물이다. 일주일에 한 번 찾아올 〈왕좌의 게임〉을 기다리는 요즘 괜히 행복하다.

[사족] 드라마에서 제일 안타까운 인물은 '호도'. 당신의 선택은?

다큐멘터리 주간

영상이 주는 힘은 천 마디의 말보다 세다. 가끔 백문이 불여일견이라는 말은 옛사람들이 영상 시대를 예견한 선견지명처럼 생각되기도 한다. 누구의 말을 믿지 않은 사람도 증거 영상을 보여주면 할 말을 잃는 경우도 많다. 범죄가 생겼을 때 범죄 현장이 고스란히 드러나는 영상은 어떤 증거보다 우선하기도 한다. 이렇듯 영상은 요즘에 수많은 사람의 눈을 대신해서 기록하고 남는다.

디지털 기계의 고성능은 점점 다양하고 치밀하게 우리를 그들의 하수인으로 만들 기세다. 작동이 쉽고 빠른 디지털 카메라가 생기고 휴대전화에 성능 좋은 카메라가 장착되고부터 누구나 손쉽게 사진을 찍고 동영상을 남긴다. 인증 샷이라는 이름과 셀프 카메라를 찍는 따위의 행동을 하는 이들이 늘어나고 또한, 누구나 손쉽게 영상을 생산하는 시대이기도 하다.

아주 사적인 공간을 제외한 모든 곳에 영상 기록 장치가 설치되었다고 해도 과언이 아니다. 끊임없이 이로운 점과 해로운 점을 따지는 일이 계속되지만 영상을 기록하는 일은 쉽사리 없어지지 않을 것 같다. 몰래카메라를 설치해서 타인의 신체나 활동을 찍는 일은 범죄 행위지만 없어지지 않고 점점 확산하는 추세이다. 이렇듯 부작용이 만만치 않음에도 여전히 우리는 찍고 찍히고 소비한다.

순간을 잡은 동영상은 사람들의 손가락 끝으로 자발적으로 퍼진다. 증강현실 게임은 이미 전 세계를 사로잡을 기세로 퍼지는 중이다. 무엇이 진짜 현실이고 무엇이 가상세계인지 헷갈리는 시대가 곧 올 것 같아 두려움과 기대가 반반이다. 정체성을 찾아 꿈속에서 헤맬 수많은 장자의 출현이 우리의 미래는 아닐까 생각하니 암담할 뿐이다. 그렇다고 휴대전화나 컴퓨터 같은 디지털 기계를 빼고 생활하는 일은 어렵고 다른 이들과 소통하기 쉽지 않다. 나름대로 개인정보를 노출하지 않으려 조심하지만, 타인이 찍은 사진이나 영상은 이미 내 손을 떠나 순식간에 퍼지고 어느 곳까지 닿는지도 모를 일이다.

영상을 대표하는 영화는 돈과 재능이 어우러져 많은 사람의 눈과 귀를 사로잡는다. 천만 관객을 넘는 일이 심심찮게 반복되고, 유명한 이들의 사생활이 담긴 영상이 사람들의 입에 오르내리는 일은 이제 흔한 일이 되었다. 정치적인 이슈가 터지면 대중예술인의 연애 사건을 뒷받침하는 사진이나 영상이 나올 때가 되었다고 예견하는 우스운 시대가 된 지도 오래다.

그렇지만 영상의 역기능만 있는 것은 아니다. 교통사고의 순간을 잡은 블랙박스의 영상은 시시비비를 가리는 잣대가 되기도 한다. 강력 범죄를 저지른 이의 동선을 알려주는 일도 영상이 하는 긍정적인 기능 중의 하나이다. 멀리 떨어져 사는 가족의 안부를 실시간으로 보여주기도 하고, 지구 곳곳에 사는 이들을 연결해주는 끈이 되기도 한다. 또한, 디지털 기기를 이용한 영상은 복사와 편집이 쉽고 간편해서 여러 사람이 자료를 공유하고 나누는 데 유리한 편이다. 때로는 사이버 친구가 모르쇠하고 사는 이웃보다 정겹고 위로가 되는 예도 있다. 음악 영상은 장소나 세대에 구애받지 않고 즐길 만한 자료임에 틀림없다. 수많은 정보를 담은 영상을 포함, 우리네 삶을 담은 다큐멘터리 또한 마찬가지이다.

해마다 이맘때쯤이면 우리 집에는 일 년에 한 번 다큐 주간이 찾아온다. 교육방송에서 하는 다큐멘터리를 시청하는 우리 가족만의 일주일을 가리키는 말이다. EBS에서는 하루에 많게는 열 시간 남짓 다큐멘터리를 방송한다. 정오를 지나서 오후 네 시까지, 그리고 밤 아홉 시 반부터 새벽 두 시까지 세계 각국의 다양한 삶이 영상으로 펼쳐진다. 이번 시즌 첫 프로그램은 〈학교 가는 길〉이다. 199명의 각국의 아이들이 학교까지 다다르는 여정을 보여주는데 나라나 대륙, 인종, 환경에 따라 학교로 가는 방법이 달라서 꽤 재미있다. 올해는 중국에서 출품된 작품이 많아서 이채롭게 시청했다. 운동하고 춤을 추는 아이들의 삶을 꾸밈없이 보여주는 장면을 보며 지금 우리 곁의 아이들을 생각하기도 하고, 노인 문제를 다룬 작품에서 나의 미래를 상상해보기도 한다. 미리 보기와 예고를 통해 꼭 보고 싶은 다큐멘터리를 골라서 시청 예약해놓는 열성을 부리기도 한다. 인권, 환경, 사회적 이슈, 가치관을 다루는데 결국 인간의 삶을 보여주는 경우가 대부분이다. 다큐 주간에 나는 아는 이들에게 문자로 소식을 알리고 함께 본 다큐멘터리를 화제에 올리기도 한다. 일주일간 행복한 시청자가 되는 일은 해마다 맛보는 즐거움이다. 서울 쪽에서는 대형 극장에서도 상영하는 모양인데 함께하지 못해 아쉽지만, 프로그램 다시 보기를 통해 놓친 프로그램을 보는 것으로 대신하곤 한다.

영상이 쏟아지는 시대, 자료를 선택하고 소비하는 것은 각자의 몫이라 생각한다. 부디 각자의 삶에 보탬이 되는 영상을 택하기를 간절히 바라 마지않는다. 그 시작을 다큐 주간으로 시작해보는 것도 좋으리라.

행동하는 자, 목격하는 자

　도서관에 책을 반납하고 오는 길이었다. 좌회전 신호를 기다리던 사거리 교차로, 앞 차의 운전자가 차 문을 열고 급하게 어디론가 뛰어간다. 운전을 하던 남편도 조수석에 탔던 나의 눈길도 그를 따른다. 우리 쪽이 아닌 사거리 옆 건널목 한복판에 노인 두 명이 멈춰 있다. 하얀 머리칼은 이미 헝클어지고 야윈 몸을 가누지 못하는 듯 할머니는 할아버지에게 의지해 주저앉듯 걸음을 뗀다. 이미 보행 신호가 끝났지만 진행하는 차는 없다. 다른 운전자들은 우회해서 제 갈 길을 간다. 두 노인 곁에는 뛰어간 앞 차의 운전자 말고도 다른 젊은이가 두 노인을 부축하는 중이었다. 그들은 할머니를 횡단보도 끝으로 옮겼다. 이제야 양 방향으로 차가 원활하게 진행된다. 차로 돌아올 줄 알았던 남자는 도리어 할머니에게 등을 내민다. 남자의 행동을 지켜보다가 갑자기 울컥, 감격의 울렁임이 올라왔다.

　우리는 말을 잊은 채 계속 밖을 주시한다. 할머니를 업은 남자는 자신의 차로 다가오더니 양해를 구하는 듯 우리 차를 향해 손을 올린다. 나는 남편에게 당신이 가서 차 문을 열어주라고 했다. 남편이 그럴까 어쩔까 하는 사이 이미 남자는 허리를 구부려 차 문을 열고 조심스레 할머니를 차 안에 모셨다. 일행으로 보이던 할아버지에게 손짓을 하며 타라고 하지만 처음부터 일행이 아닌 듯 할아버지는 더 이상 다가오지 않는다. 우리 뒤차의 운전자가 경음기를 울린다. 비상등을 켠 상태였지만 좌회전 신호가 떨어지고도 한참 서 있는 우리 차를 견디지 못했으리라. 뒤차의 운전자가 우리를 스쳐 지나가면서 흘깃거렸다.

남자의 차가 움직이기 시작했다. 원래 기다리던 좌회전 차선을 비켜서더니 우회전을 했다. 원래 가고자 했던 방향의 정반대, 아마 할머니의 집 방향이리라. 남자의 차가 떠난 자리, 우리는 좌회전 신호를 받아 집으로 왔다. 집으로 오는 내내 묘한 생각들이 섞여 침묵한 채였다.

사람들은 누구나 세상을 대하는 잣대를 여러 개 갖고 산다. 지역을 옹호하고 학연을 중히 여기고 사사로운 이익 때문에 공익에 눈을 감기도 한다. 가진 게 없고 아는 게 부족하고 결속력을 발휘하지 못하는 이들이 약삭빠르고 이익을 향해 잘 뭉치고 야합하는 이들 사이에서 늘 깨질 수밖에 없는 구조. 그러니 힘 있는 자들은 그들대로 뭉치고 힘이 부족한 이들은 또 그들대로 뭉치고 나면 끄트머리에 남은 이들은 이리저리 자신을 끼워 넣어줄 무리를 기웃거리며 세상을 살아낸다. 요즘처럼 숨 가쁘게 자신의 안위와 생존을 걱정하던 시대가 있었을까 싶을 정도로 세상을 살아가는 어려움은 세대를 관통한다. 나 또한 타인과 세상에 대해 비평보다는 비난을, 칭찬보다는 비아냥을, 공감보다는 트집을 잡으며 살았으니 누구를 탓하랴. 누구나 바쁘고 타인에게 관심이 없는 가운데 타인을 위해 헌신하는, '행동하는' 남자의 몸짓은 남달라 보였다. 방한 내내 모두의 마음을 어루만져주던 프란치스코 교황이 떠올랐다면 과장일까.

행동하는 남자와 목격만 하는 나, 엄밀하게 말하면 조수석에 탔던 내가 차에서 내려 훨씬 빨리 그들에게 다가가야 함에도 불구하고 남편에게 문을 열어주라고 말하던 나와 마음을 몸으로 곧장 실천하는 남자와의 차이가 계속 나를 옥죈다. 남자의 행동에 감격해서 울컥했던 감정은 오롯이 자괴감으로 변해 한동안 나를 한숨짓게 했다.

"그래, 저런 사람들이 세상을 움직이는 거지!"

남편의 일갈이 내내 떠오르는 걸 보니 나도 행동하는 자가 될 날이 머지않았으리라 믿는다.

이허와 저저의 밤

헤어짐과 헤엄

태화강이 국가정원이 되었다는 소식을 들었다. 정원과 국가라는 낱말은 어울리지 않는 말이지만 정원이든 공원이든 자연이 깃든 공간이 생기는 일은 무척 반가운 일이다. 태화강 줄기를 자연적으로 살리는 정원이 되기를 바란다. 강물을 가까운 곳에서 바라보고 만지고 느낄 만한 공간이 많아지기를 바란다. 강은 예전부터 우리네 곁을 가까이 지킨 공간이 아니던가. 멀리서 오는 관광객 위주보다는 이웃처럼 시민의 발자국이 많이 닿는 곳이 되기를 바란다.

헝가리 소설 『수영하는 사람』에는 헝가리 곳곳을 떠도는 남매가 나온다. 남매의 엄마 카탈린은 시대를 억압하는 독재를 피해 평화와 자유를 찾아 떠난다. 이후 홀로 남은 아버지는 한곳에 머무르지 못한다. 그런 아버지를 통해 카타와 이스티는 수시로 길 떠나는 법을 배운다. 버스, 기차, 배를 타고 떠나 그들이 닿는 곳에는 어김없이 물이 흐른다. 아버지 칼만이 나오는 장면에서는 유독 잠수하는 장면

이 많다. 물속 깊은 곳, 아무 소리도 없는 심연에서 아버지는 거추장
스러운 삶의 흔적을 씻어내고 다시 태어날지도 모른다.

어릴 적 살던 동네 곁에는 작은 강이 흘렀다. 남한강 줄기였는데
폭과 깊이가 꽤 차이가 나는 강이었다. 수초를 잡기도 하고 아이들
과 잠수 내기를 하던 곳이었다. 『수영하는 사람』의 카타나 이스티처
럼 나는 그 강에서 멱을 감았다. 책을 읽으면서 계속 그 강이 떠올랐
다. 빛으로 반짝이던 물살과 아이들의 웃음과 깜깜한 밤에 별빛과
함께 헤엄치던 시절이 생각나 살짝 웃었다. 여름날 강물을 거스르며
놀던 때, 햇살은 물빛을 따라 은어 비늘처럼 반짝였다. 강가 얕은 둔
덕에 누워 해바라기를 하던 일이 어제처럼 흘렀다.

강물은 늘 흐른다. 쉬는 법이 없다. 그 속에서 우리도 흐른다. 『수
영하는 사람』의 등장인물 카타나 이스티처럼, 아가 아줌마와 졸탄
아저씨, 민치 왕고모와 소피 고모, 피스타 고모부, 비락 언니와 예뇌
오빠처럼 말이다. 예전에 읽은 베트남의 소설, 『끝없는 벌판』에서도
강은 예외 없이 등장인물의 곁을 지킨다. 강은 왠지 바다와는 달리
조금 더 우리 곁에 가까운 느낌이다. 마치 이웃에 사는 이들처럼 말
이다.

내 온몸을 떠받치는, 중력을 거부하는 자연은 물밖에 없지 싶다.
차갑고 센 물결이 이는 어딘가에 들어가고 싶은 욕망이 솟구친다.
어미의 태 속에서 배운 유영의 기억은 몸 전체에 남아 우리에게 물
을 찾도록 하는지도 모른다. 양수에서 처음 눈을 떴을 때 기분이 어
땠는지 문득 궁금하다. 내 몸 어딘가에 있을지도 모를 원초적 감각

이허와 저저의 밤

이 그립다. 내가 기억하지 못하는 수많은 감각과 기억이 내 몸 어딘가에 저장되었을지도 모른다는 생각이 든다.

헤어짐과 헤엄, 써놓고 보니 둘은 참 닮은 낱말이다. 엄마 배 속을 헤엄치던 아이는 엄마의 몸과 헤어져야만 세상에 나온다. 그러고 보니 헤엄 뒤에 헤어짐은 어쩌면 당연한 순서가 아닐는지. 헤어졌다가 다시 만나는 일은 인생이라는 강에서 되풀이되는 헤엄일지도 모르겠다. 모든 이와 작별한 이스티가 꿈꾸는 곳이 물속이었다면 이스티는 꿈을 이룬 셈이다. 죽음을 사이에 둔 헤어짐은 애달프지만 이렇게 생각하면 조금 애달픔을 덜어낼 기운이 생길 것만 같다. 어린 시절 멱 감던 강물과 헤어졌듯이 인생 도처에서 만날 또 다른 강은 어디일지. 함께 헤엄치고 자맥질하던 친구가 새삼 그리운 날이다.

울산은 바다가 멀지 않지만 태화강 줄기가 도심을 가로질러 흘러서 좋다. 철을 따라 피는 꽃과 어김없이 날아드는 새, 쉼 없이 자라는 대나무 숲이 가까워 매력적이다. 강을 따라 걸으며 우리는 인생을 배우는지도 모른다.

내일은 태화강에 가야겠다. 대숲을 거닐고 백로의 날갯짓을 구경하고 붉은 나뭇잎이 남은 벚나무를 봐야겠다. 강은 사철 좋다. 그냥 좋다.

괴물들이 사는 나라

시청 앞 버스 정류장에서 휴가를 나온 듯한 군인을 봤다. 군용 배낭을 메고, 머리에는 베레모, 끈을 단단히 조인 군화에 알록달록한 신형 군복을 단정히 차려입은 그는 버스를 기다리는 짧은 시간 동안 주변의 시선을 한몸에 받았다. 내 눈길도 그에게 자꾸만 꽂혔다. 평온해 보이는 그의 표정을 보면서도 드러나지 않은 비밀을 캐는 양 계속 그를 흘깃거렸다. 곧 그는 버스를 타고 떠났고 나도 집으로 오는 버스에 몸을 실었다. 태풍 할룽의 영향으로 불기 시작한 비바람은 차창뿐 아니라 내 마음도 흔들어댔다.

잔인하다는 4월에 시작된 죽음의 행렬은 태풍이 몰아치는 오늘까지 끝나지 않고 계속이다. 꽃다운 수백 명의 아이들을 수장시킨 일을 아직 해결하지 못했는데 이제 나라를 지키던 군인까지 어이없는 폭력에 희생되다니 착잡함을 금할 길 없다. 누구의 사랑스러운 아들이자 자상한 형이고 동생이며 마음씨 착한 선배이자 후배인 이십 대

이허와 저저의 밤

초반의 젊은이들이 어떻게 그렇게 순식간에 집단 폭력자로 변하는지 알다가도 모를 일이다. 폭력을 휘두른 가해자도 언젠가 피해자였다니 더 놀라울 따름이다. 가만히 있지 않으면 총기 난사를 한 임 병장이 되고, 가만히 있으면 죽음을 당한 윤 일병이 된다는 어느 아버지의 일갈은 그 어느 때보다 무겁게 다가온다.

사람에 대해, 인간의 성품에 대해 다시 생각해본다. 제일 무서운 게 사람이라는 말을 숱하게 들었지만 요즘처럼 인간에 대해 회의적일 때가 없었다. 폭력은 폭력을 낳고 대물림된다는 말이 아직도 유효한 세상에 사는 우리가 한심스럽다. 일찌감치 폭력에 노출되는 아이들에게 어떤 인간의 가치를 가르쳐야 하는지 모르겠고, 아들을 군대를 보내는 일이 두렵기조차 하다.

인간이 얼마나 사악한가를 가늠하는 잣대가 있다 한들 요즘의 상황을 감당하겠는가. 엽기적이고 잔인한 방법으로 인간을 해하는 뉴스가 넘쳐난다. 그중에 윤 일병의 죽음을 부른 군대 내 가혹 행위는 인간의 도를 한참 넘어선 느낌이다. 직접적으로 위해를 가한 가해자든 곁에서 모른 체 눈을 감은 방관자든 모두 괴물 같다는 생각이 든다. 어쩌다 우리 아이들은, 아니 우리는 인간이기를 포기한, 사람의 마음을 거부한 괴물이 되었을까.

괴물들이 사는 나라로 변해버린 곳만은 군대뿐만 아니라 우리 사회 전체일지도 모른다. 위치에 따라, 신분에 따라 누구든 괴물로 변하는 나라, 생각만 해도 끔찍하다. 얽히고설킨 관계에서 자신의 신념을 지키는 일이 점점 어렵다. 한순간에 나도 괴물이 되어 폭력을 휘두르고 타인을 죽음에 이르게 할 수도 있다는 깨달음에 마음이 무거워진다. 이미 괴물이 되어버린 우리를 되돌릴 방법은 없는 것일까. 아직도 수많은 이들이 하루하루 충실하게 제자리를 지키고 있으니 아주 희망이 없는 것도 아니리라.

모리스 샌닥의 동화 중에 「괴물들이 사는 나라」라는 작품이 있다. 엄마에게 혼이 나고 방에 갇힌 맥스가 주인공이다. 세상 전체가 되어버린 소년의 방을 떠나 맥스는 괴물들이 사는 나라에 닿는다. 그곳에서 소년은 왕이 되어 군림한다. 눈알이 뒤룩뒤룩하고, 이빨을 부드득 갈고, 무서운 발톱을 세우는 괴물들도 그에겐 꼼짝하지 못한다. 괴물들의 나라를 뒤로하고 맥스를 돌아오게 하는 힘은 무엇이었을까. '저녁밥은 아직도 따뜻했어.'로 끝나는 동화의 결말처럼 우리에게도 아직 남은 따뜻함을 기다린다.

그녀와 그의 작업, 혹은 예술

작가 한강이 맨부커 인터내셔널 부문 상을 탔다. 노벨상을 비롯한 세계적인 문학상을 발표할 때마다 설렘과 아쉬움으로 들썩이던 우리 문학판의 경사가 아닐 수 없다. 맨부커 인터내셔널 부문은 번역자와 원작가가 공동으로 수상하는 형태이다. 우리말을 배운 지 얼마 되지 않은 번역자와 공동 수상을 하는 자리, 수수한 차림새의 그녀와 번역자는 마치 자매처럼 보였다. 작가와 번역가로 만난 그들은 비록 쓰는 언어는 다르지만, 영혼이 통하는 이들처럼 잘 어울렸다. 번역가를 눈여겨보고 책을 고르는 일이 잦은 요즘, 흐뭇한 광경이 아닐 수 없었다. 많은 번역가에게 힘이 될 듯싶다. 수많은 번역가가 없었다면 이만큼 풍성한 문학판은 불가능했을 것이다. 작가와 번역가가 함께 대접받는 일은 어쩌면 당연한 일일지도 모른다.

기업의 후원과 출판사 혹은 신문사가 합쳐 만든 문학상은 우리나라에도 많다. 울산만 하더라도 해마다 5월이면 오영수문학상 시상식을 마련한다. 가까운 경주에는 동리목월문학상이, 춘천에서는 김유정을 기리는 문학 잔치가, 대구에는 현진건을 기억하는 문학상이 해마다 열린다. 황순원 선생을 비롯한 작가의 이름을 내걸고 주는 문학상 또한 만만찮다. 나날이 좁아지는 문학의 자리, 문학상의 운영을 두고 이러쿵저러쿵 이야깃거리가 많긴 하지만 상을 주고받는 일은 여전히 영광스럽고 축복받을 일이다.

내 눈길을 끈 일은 맨부커상을 수상한 직후의 그녀, 한강의 태도였다. 세간의 관심을 한몸에 받았지만, 그녀는 얼른 책상에 앉아 글을 쓰고 싶다고 했다. 끊임없이 글을 쓰겠다는 작가의 말은 지극히 당연한 태도임에도 참으로 닮고 싶은 작가의 자세였다. 무릇 작가란, 예술가란 작품으로 자신을 표현하는 사람이 아니던가.

예술가의 태도를 생각하니 요즘 논란을 겪는 중인 또 한 사람이 떠오른다. 대중가수인 그가 그림을 그린다고 했을 때 반신반의하던 사람들이 많았다. 그런데도 그는 꽤 오랫동안 화투를 모티프로 한 그림을 그렸고, 미술 시장에서 비싼 값으로 팔리는 따위의 성과를 거두었다. 그림을 그리는 일은 빼놓지 않고 붙는 그의 이력이 된 지 오래다.

지난해 아트 페어에서 그의 작품을 봤다. 그의 그림은 순수회화와 팝아트의 중간쯤인 것처럼 보였다. 화투라는 독특하고 익숙한 소재를 반복적으로 그리긴 했지만, 똑같이 복사하는 수준이 아닌 구도와 구성이 엿보이는 그림이었다. 그런 그에게 오랫동안 그림을 대신 그려주는 이가 있었고, 수고비도 형편없이 주었다니 놀라지 않을 수

이허와 저저의 밤

없었다.

이젤 앞에서 작업하던 모습을 담은 방송 화면이 떠올라 씁쓸했다. 누구는 미술계의 관행이라느니, 대량 생산, 반복 작업으로 이뤄지는 미디어 아트의 한 단면이고, 작품의 개념이 중요한 것이라고도 했지만 많은 이들이 느끼는 감정은 서로 다를 것이다. 사건은 일파만파 커지는 중이고 법적인 다툼의 결과에 상관없이 그는 이미 만신창이가 된 것처럼 보인다. 전시회는 취소되었고 부산에서 열린 공연도 적잖은 상처를 입었다는 소식이다. 그에 관한 뉴스는 예술작품에서 작가가 차지하는 몫을 살피는 꼬투리가 되었다.

예술 분야 중에서 문학은 협업이 안 되는 작업의 하나이다. 드라마나 시나리오, 희곡은 공동 작업이 가능하고 그런 추세로 가는 모양일지라도 소설, 시를 쓸 때 함께 작업하는 일은 극히 드물다. 이와는 달리 그의 작업은 지시를 내리고 결과를 수정하고 완성하는 작업이 가능한 분야일지도 모른다. 그럼에도 이번에 시빗거리가 된 그의 경우는 작업하는 모습을 노출하며 쌓은 이름값 때문이라 생각한다. 손쉽게 얻은 명성은 이제 물러갈 차례이다. 타인의 손을 빌려서 하는 작업은 끝내야 한다고 생각한다. 지금 이 시각 책상에 앉아 글을 쓸 한강 작가처럼 그 또한 끊임없이 붓을 놀려야 하리라. 그것이 끊임없이 정진하는 작가와 뜨거운 응원을 마다치 않은 대중을 다시 만나는 지름길이리라.

'극장뎐'

할리우드 블록버스터 영화의 국내 촬영이 화제다. 촬영 편의를 위해 곳곳에 교통 통제도 하는 모양이다. 우리나라 배우가 출연하는 것은 물론 익히 아는 장소가 나올 영화라니 개봉이 기다려진다. 스크린을 통해 시공간을 넘나들고 다른 세상을 보여주는 영화는 종합예술답게 생각의 외연을 넓힌다. 그리고 극장은 추억을 생산하는 곳이다.

가끔 부산으로 영화를 보러 간다. 친구들끼리 가기도 하고 가족과 함께 움직이기도 한다. 울산에 가까운 극장을 두고 부산으로 가는 이유는 단 하나다. 울산에서 보기 힘든 영화를 관람하기 위해서다. 로비에 들어서자마자 촬영용 카메라를 비롯한 영사기 따위가 눈을 즐겁게 한다. 상업영화를 비롯해 쉽게 접할 수 없는 독립영화까지 상영하는 부산의 영화의 전당은 그야말로 영화 천국이다. 두 시간 남짓 걸리는 영화를 보기 위해 몇 시간을 허비하는 현실이 갑갑

이허와 저저의 밤

할 때도 있지만 마음에 품을 만한 영화를 보고 극장을 나설 때면 마냥 뿌듯하다. 잠시 차를 마시며 영화 이야기를 하는 내내 기분이 달뜬다. 집으로 돌아오는 길에 자연스레 울산의 극장을 떠올린다.

울산의 도심, 번화가에 자리 잡은 영화관. 하루에 고작 두 차례 하는 영화를 예매하고 아는 이를 기다린다. 쉴 의자와 테이블은 줄고 매점은 넓어진 탓일까, 로비는 언제나 사람들로 가득하다. 팝콘과 콜라를 사 들고 빨대를 가지러 선반으로 간다. 선반 옆 쓰레기통 뚜껑은 끊임없이 벌렁거린다. 매점 직원에게 선반의 위치를 바꿔달라고 해봤지만 멋쩍게 웃을 뿐이다. 로비에 긴 시간 머물지는 않지만 볼썽사납다. 영화가 끝난 후 자막이 다 올라가기 전에 자리를 뜨는 이들이 대부분이다.

텅 빈 극장을 맨 끝으로 나오면서 또 다른 극장을 생각한다. 그곳은 여름엔 모기가 관객 수보다 많은, 울산의 작은 소공연장이자 독립영화를 볼 수 있는 시설이다. 나는 그곳에서 〈지슬-끝나지 않은 세월〉과 〈그리고 싶은 것〉을 봤고 〈밍크 코트〉를 봤으며 태국 영화 〈열대병〉을 관람했다. 가끔 오는 독립영화 상영 안내 문자에 일행을 이끌고 가지만 관객이 너무 적어 민망한 적이 많았던 극장이다. 그래도 다양한 독립영화를 만나는 재미에 빠질 수 있는 곳이다.

얼마 후 '독립예술영화전용관 설립을 위한 포럼'을 개최한다는 문자가 왔다. 행사를 주관하는 울산 미디어 연대의 회원들, 다른 지역에서 독립영화관을 운영하는 이와 독립영화를 만든 감독, 울산발전연구원의 연구원, 시의원까지 참가한 자리였다. 허나 일반 시민들은 거의 없었다. 행사를 알리는 문자를 여러 번 보낸 집행부는 얼마나 허망했으랴. 독립영화를 대하는 울산의 태도를 공개적으로 드러낸 꼴이었다. 패널들의 발표가 진행될 때마다 독립영화 전용관을 향한 기대는 높아졌지만 전용관 건립까지는 꽤 오래 걸릴지도 모른다는 생각이 들었다. 그래도 포럼 개최를 한 자체만으로도 한발 내디뎠다고 생각한다. 일회성 행사에 그치지 말고 지속적으로 생각을 모으는 자리를 마련했으면 한다. 한 사람의 의지도 중요하지만 많은 이의 생각과 힘이 합쳐야 어떤 일이든 일어나기 때문이다.

오늘도 인터넷으로 영화를 검색한다. 볼 만한 영화를 추리고 울산에서 상영하는지를 살핀다. 아직도 많은 영화들이 울산의 극장에 걸리지 않는다. 다양성을 표현한 독립영화는 더 그렇다. 하지만 울산에도 독립예술영화 전용관이 어서 생겨 어떤 영화를 고를지 고민하는 행복한 날이 올 거라는 희망을 버리지 않는다.

이허와 저저의 밤

자연, 자연스럽다는 말

오래전, 자연 생태를 공부하는 친구가 아이의 이름을 '자연'이라 지었다고 했다. 아이의 이름으로 적당하지 않다고 생각한 나는 그 친구에게 핀잔을 주었다. 일본식 여자 이름에 많이 들어가는 '자'라는 글자를 굳이 넣어야겠냐고, 아이가 커서 놀림을 받을 만한 이름이라고, 예쁘고 멋진 이름으로 다시 생각해보라고 했다. 친구는 자연이 얼마나 좋은 이름이냐고, 자연을 닮은 아이에게 그보다 잘 어울리는 이름은 없다며 웃었다. 친구는 또 요즘 사람들이 왜 철이 안 드는지 아느냐고 물었다. 봄, 여름, 가을, 겨울을 제대로 겪지 않아서 그런 거라고 했다. 사람은 사계절을 제대로 겪어야 비로소 자연을 닮는다는 말을 했다. 나이가 들고 주변의 숲이나 강, 하늘을 보면서 나는 가끔 친구의 말을 떠올렸다. 굵은 나무가 멋있는 까닭은 두께가 다른 나이테가 깃든 덕분일지도 모른다고 혼자 중얼거렸다.

지난 7월 울산 동쪽 바다에서 지진이 났을 때만 해도 대수롭지 않게 넘어갔는데 내륙인 경주에서 제법 규모가 큰 지진이 연이어 일어나고 우리나라가 이젠 더는 지진 안전지대가 아니라는 전문가의 경고를 듣는 요즘이다. 진앙에서 멀지 않은 울산인지라 불안감이 컸다. 원자력 발전소가 가깝다는 지리적 위치는 두려움과 공포였다. 일주일 사이로 제법 큰 규모의 여진이 일어났지만, 대책을 세우는 일은 더디고 느리게 이루어지리라는 생각에 씁쓸했다.

재해 관련 소식은 올해 특히 남다르게 다가온다. 한가위가 지나고 가을빛이 제법 따가운 요즘, 연이어 재난 문자가 온다. 국민안전처와 울산광역시 재난안전대책본부에서 보낸 문자에는 만만찮은 재해 소식이 쓰여 있다. 얼른 텔레비전을 켜고 뉴스 채널을 찾아 리모컨을 눌렀다. 기자가 시간당 강우량이 124밀리미터가 넘는다는 소식을 전한다. 뉴스 화면은 이미 진흙탕 범벅인 곳곳을 보여준다. 태화강의 물 높이가 범람 수위를 향해 치닫는다는 소식에 이어 날씨 예보가 뜬다. 아직도 많은 비가 올 것으로 예상된다는 일기예보 진행자의 말에 지난 지진이 났을 때처럼 가슴이 띈다. 텔레비전 화면에 낯익은 간판이 보인다. 눈길과 마음이 바쁘다. 멀리 사는 친구들과 언니들의 안부 전화가 이어졌다. 우리 집과 동네는 괜찮다고 답하면서도 그저 걱정의 말밖에 나오지 않는 상황, 연이어 아는 이들이 보내는 SNS 메시지에 울산 곳곳의 사진이 뜬다. 물난리를 몸소 겪은 이들은 얼마나 황망할까 눈시울이 붉어진다. 자연의 힘이 다시 한번 각인되는 순간이다.

이허와 저저의 밤

재난을 알리는 소리는 남다르다. 사이렌을 울리는 듯이 높고 강하다. 문자 알림음은 긴박한 상황을 알리기에 적합할지 모르지만 역시 '자연스럽지' 않다. 짧은 경고의 문구는 특별한 대책을 말하지 않는다. 상황을 전해줄 뿐이다. 그러다 보니 재난 문자를 보내는 일은 왈가왈부 말도 많다. 늑장 대처라느니 시스템을 바꿔야 한다느니 마치 재난의 끝이 문자라도 되는 양 보인다. 하지만 닥친 재난에 문자가 무슨 소용인가. 재난 상황에도 올바른 행동 요령을 평상시에 가르치는 게 낫지 않을까. 그저 자연스럽게 재난 상황을 맞는 자연처럼 말이다. 사람들이 자연을 닮을 때, 자연재해도 우리의 곁을 자연스럽게 지나칠지도 모를 일이다. 자연을 거슬러 지은 높은 건축물도 산등성이처럼 조금 낮게, 물길을 살피고, 바람길을 터주다 보면 사람도 어느새 자연에 녹아들어 자연스럽게 살게 되지 않을까.

바람이 잦아든 하늘은 언제 그랬냐는 듯 쪽빛을 드러냈다. 맑고 청아한 하늘에 희디흰 구름은 또 그렇게 어울릴 수가 없었다. 울트라마린 블루 빛의 쩡한 하늘을 보며 나는 '자연'과 '자연스럽다'라는 말의 뜻을 다시 발견한 느낌이 들었다. 자연은 원래 바람 혹은 햇빛의 양에 따라 예전부터 그저 능청스럽게 바뀌었다는 생각에 이르자 빙그레 웃음마저 났다. 언제나 호들갑을 떨고, 야단을 부리는 쪽은 사람이지 않았던가. 태풍 차바가 지나간 후 하늘은 내게 '자연스럽다'로 기억될 것 같다.

그나저나 친구의 아이는 어떤 모습일까. 이름의 뜻을 새기고 살았다면 세상을 품어 올곧은 아이가 되었겠지만 무슨 상관이랴. 그저 제 아버지의 바람처럼 자연을 닮아 자연스럽게 살면 그만이지. 자꾸 무엇에 경계를 두고 가두고 규정하지 말지어다. 그저 자연처럼 자연스럽게 마음을 움직이면 되리라. 구름 사이를 뚫고 나온 오후의 햇살이 뜨겁다. 이번 수해를 입은 이들에게 닿는 우리의 마음과 손길도 그러하리라.

이허와 저저의 밤

4부

와

성(聖)에 관한 괜한 생각

성경을 읽는 중이다. 어릴 때 교회를 다닌 경험이 생각나서 읽은 것은 아니다. 순전히 문학적인 호기심에서 시작했다. 소설을 처음 배울 때 글쓰기 선생은 성경 읽기를 권했다. 굳이 종교적인 까닭이 아니어도 한 번쯤 통독하면 글쓰기에 도움이 될 거라 했다. 가톨릭 신자였던 선생이 느끼는 성경의 무게와 무신론자에 가까운 내가 지니는 성경의 가중치가 달라서 처음에는 선뜻 손이 가지 않았다. 그러는 와중에 연로하신 선생이 돌아가셨다. 선생을 추억하다가 문득 성경을 읽어보라는 선생의 말이 떠올랐다. 아주 예전에 선물받은 성경을 펼쳤는데 글씨가 잘아 눈에 들어오지 않아 고민하던 차에 교회를 다니는 이에게 큰 글 성경을 얻었다.

「창세기」부터 「요한계시록」까지 제법 두툼한 책을 시나브로 읽으려 마음먹고 책을 펼쳤다. 익히 듣던 천지창조의 과정은 사실 몇 장에 지나지 않았다. 아담과 이브, 이삭, 아브라함, 다윗, 모세, 솔로몬 따위의 등장인물도 많고 서사도 대단하고 사건과 배경도 방대했다. 시험을 치른다면 분명 낙제점을 맞을 만큼 눈여겨볼 것도 기억해야 할 순서도 많았다. 창조주의 말과 선지자의 예언은 복잡하고 장황했다. 순전히 문학적인 관점으로 읽지 않았다면 분명히 끝까지 읽지 못했으리라.

책 아랫부분에는 낱말 풀이와 시대적 배경, 해설을 깨알같이 적어놓았다. 그런데도 멀고 먼 지역과 역사를 배경으로 하다 보니 아득해질 때가 제법 많았다. 사전 지식이 필요한 부분이 꽤 많았다. 많이 들어본 글귀가 눈에 띄면 신기하기도 하고 똑같은 글귀가 여러 곳이고 '없음'으로 나타낸 구절이 열세 곳이라니 새로운 발견이었다. 서양의 고전과 철학서에 고스란히 스민 기독교 사상의 뿌리를 맛본 듯 뿌듯한 기분도 들었다.

지금은 소위 구약이라는 부분을 다 읽고 신약을 읽는 중이다. 구약과 비교하면 신약은 예수의 생애와 제자들의 부연 설명, 설교 같은 강론, 편지가 많은 편이다. 신약은 마태, 마가, 누가가 차례로 예수의 탄생과 부활을 간증하듯 기록한다. 조금씩 다르기는 하지만 연거푸 세 번 똑같이 제자들은 예수의 탄생과 부활을 말한다. 기독교에서 말하는 소위 공관의 뜻이 확연히 드러나는 대목이다. 신앙의 절차는 대부분 반복 주입이지 않은가. 종교적인 면이 고스란히 보여 씁쓸한 웃음이 나온다. 하긴 수천 년을 이어온 서양 사상의 뿌리가 만만할 리가 없다.

그러다가 문득 왜 기독교 경전은 성경일까라는 의문이 들었다.

이허와 저저의 밤

불교의 경전은 불경, 이슬람의 경전은 코란. 기독교의 경전은 성경(聖經). 종교 중에 성(聖)을 쓰는 것은 기독교가 유일하지 싶다. 성경, 성부, 성신, 성령, 성녀, 성직자 따위의 글자는 기독교의 전유물처럼 쓴다. 이쯤 되면 우리는 성이라는 글자를 기독교에 헌납한 꼴이다. 물론 특정 종교에서만 통용되는 글자가 많지만 가장 대중적인 종교에 뺏긴(?) 성(聖)이라는 글자라니, 아이러니가 아닐 수 없다.

대체 언제부터 성(聖)은 기독교에서 통용되었을까. 우리나라 번역본에서만 유독 성(聖)이라는 글자를 많이 쓸지도 모른다. 성스럽다는 한자의 뜻은 다른 이와 구별하고 권역을 나누고 싶은 권력은 아닐는지. 유일신을 내세우는 기독교의 속성이 깃든 말처럼 보인다. 평상시에 쓰지 않는 뜻이 크고 깊은 낱말, 예를 들어 뛰어넘는다는 뜻의 초(超) 같은 낱말은 아무 상황에 어울리는 말이 아니다. 성(聖)도 마찬가지. 그런 한자를 쓰는 까닭은 분명 평등과는 멀어 보인다. 성(聖)이라는 글자를 많이 쓰는 종교, 기독교가 내겐 왠지 크고 높은 울타리, 그들만의 리그처럼 보인다. 그들의 경전은 뒤로 갈수록 어떤 강요와 집요한 설득으로 가득하다. 유대인을 택한 이후 이방인까지 아우르며 세를 넓힌다. 「요한계시록」에는 어떤 예언이 가득한지 얼른 끝까지 읽어야겠다.

물론 기독교 경전이 대단한 이야기임은 분명하다, 그러나 문학적인 관점으로 읽은 내게 신성하거나 거룩하지는 않다. 순전히 내 관점에서 이 굵고 두꺼운 책을 무엇으로 부를 것인가는 오롯이 내 몫이다. 아, 역시 제목을 짓는 일이 제일 어려워!

바느질 수다

얼마 전에 재봉틀을 샀다. 바느질을 즐기는 편도, 손끝이 매운 편도 아닌데 재봉틀을 사고 나니 괜히 뿌듯했다. 기계가 생기면 써먹을 일이 생기듯 남편이 바지를 내밀었다. 통이 넓은 유행 지난 바지를 반바지로 만들어달라는 주문이었다. 이 세상에 공짜는 없다고, 수선비가 있다는 내 말에 남편은 알았다며 누런 지폐를 내밀었다. 농담을 다큐로 받는 남편 덕에 재봉틀 돌리는 맛이 났다면 내가 너무한 걸까. 남편의 바지를 고치면서 그동안 미뤄두었던 바느질감을 꺼냈다.

진분홍빛 블라우스 소매에 레이스를 덧대는 작업을 했다. 생각보다 오래 걸리는 통에 애를 먹었다. 부들부들한 블라우스 원단과 얇고 하늘하늘한 레이스는 서로 겉돌아 조금만 세게 재봉을 해도 바늘땀 간격이 옷감을 따라가지 못해 매끈하게 마무리되지 않았다. 몇번을 뜯고 다시 박음질했다. 괜히 고치기 시작했나, 재봉틀을 괜히 사서 생고생한다고 자책 아닌 자책도 했다. 게다가 바늘구멍은 또 왜 그렇게 작은지 실 꿰는 것이 여간 어려운 게 아니었다. 눈앞이 가물가물, 겨우 한쪽 눈을 질끈 감고 그야말로 눈대중으로 실을 꿰느라 자세가 말이 아니었다. 또한, 북 실은 옷감 빛깔에 따라 교체해줘야 하고 얇은 옷감도 몇 번 접어 재봉을 하니 노루발이 들썩들썩, 재봉틀을 내 마음대로 다룰 수 없었다. 재봉실이 거푸 끊어져 연신 침을 묻혀가며 실을 꿰어야만 했다. 점심 먹고 시작한 재봉 일은 노을빛이 깃들 무렵에야 끝났다. 사위는 천 조각, 자투리 실 뭉텅이, 가위가 험난한 작업(?)을 보여주듯 어지럽다. 허리도 욱신거리고 고개도 아프고 어깨도 결리고 새삼 옷 만드는 이들이 위대한 예술가 같았다. 그럼에도 갈무리한 블라우스는 그런대로 괜찮았다. 사실 소매가 너무 짧아 입기에 불편해서 옷장 한구석을 차지했던 블라우스였던 터라 내심 옷을 새로 장만한 것처럼 기분이 좋았다.

엄마는 어떤 옷을 사든 고쳐서 입었다. 새 옷을 사서 원래의 디자인대로 입는 법이 별로 없었다. 화장(소매 길이)이 남들보다 길어 불편하다는 말과 함께 엄마는 무슨 옷이든 엄마 스타일대로 고쳐서 입으셨다. 치맛단을 줄이고, 소매를 늘리고 원래 달렸던 단추를 떼어내고 마음에 드는 단추를 골라서 다는 식이었다. 별명이 '부처'일 정도로 성격이 너그럽고 원만한 엄마였지만 유독 옷만큼은 당신 마음에 찰 때까지 고치고 또 고쳤다. 그런 엄마가 가끔 이해되지 않아 나는 볼멘소리를 했다. 사준 사람 성의를 생각해서 그냥 입으시라고, 디자이너의 손길이 엄마보다 더 좋다는 내 말에 그저 빙그레 웃으며 바느질을 하시곤 했다. 엄마의 재봉틀은 이제 어디에 갔는지조차 알 수 없다. 엄마가 돌아가신 후 작은언니가 가져갔던 것으로 기억한다. 엄마의 손때 묻은 재봉틀이 새삼 그립다.

요즘엔 청바지에 마음을 빼앗겨 여러 벌 샀다. 청바지 밑단을 비롯한 바짓단은 수선하기가 그다지 어렵지 않은 편이다. 대개 정장이 아닌 바지는 바느질하기에 적당한 두께, 아무렇게나 박아도 그다지 표 나지 않는 원단이 대부분이다. 사실 요즘 유행하는 스타일은 재봉틀이 필요 없다. 구멍이 숭숭 뚫린 채 입어도 그만이고 밑단도 제 마음대로 숭덩 잘라 입어도 누가 뭐라 하지 않는다. 너풀너풀한 실밥이 보여도 상관없고, 밑단을 접어서 입어도 멋스럽다.

청바지를 사면서 단돈 삼천 원짜리 면바지를 샀다. 같은 허리 크기라도 스타일과 업체마다 조금씩 다르다. 아뿔싸, 이번에 산 면바지는 훨씬 작다. 다른 때 같았으면 당연히 반품했을 텐데 내겐 재봉틀이 있으니 무슨 걱정이랴. 허리 부분을 잘라내고 다른 천을 덧대 내 허리에 딱 맞는 바지를 만들었다. 세상에 하나밖에 없는 바지를 만드니 괜히 삼천 원짜리 바지가 내겐 명품 못지않다. 아, 이래서 엄마도 옷을 고쳐서 입으셨구나. 내 몸에 맞는 옷, 내 마음에 쏙 드는 옷을 만들고 고치는 일은 어쩌면 고단하고 지난한 엄마의 생활 속에서 찾은 엄마만의 행위예술일지도 모른다는 생각이 들었다. 녹슬고 낡은 재봉틀에 기름을 치고 닦던 엄마의 미소처럼 내 얼굴에도 웃음이 피어난다.

이허와 저저의 밤

시장에서

아직은 걸을 만한 날씨, 일과를 마치고 집을 향해 걷는다. 몇 개의 건널목을 지나면 시장 어귀다. 팥 칼국수를 파는 가게, 양꼬치 전문점, 아구찜 식당을 지나면 붉은 기운이 감도는 식육점이 연달아 나온다. 가게 앞에 커다란, 아직 부위별로 정리되지 않은 고기 뭉치를 손질하는 사내들이 보인다. 그들의 칼질에 따라 갈빗살과 삼겹살, 목살로 제각각 분리되는 고깃덩어리들. 진열장은 선홍빛 살로 이미 가득하다. 그들이 작업하는 좌판 아래에는 으레 커다란 양동이가 놓여 있는데 허연 비곗살이 켜켜이 쌓여 있기 일쑤이다. 얇은 살점이 붙은 비곗살을 골라 된장찌개용 스지라면서 내놓은 가게도 여럿 눈에 띈다. 가게 옆을 지나면 비릿한 냄새가 스치듯 지나간다. 그 냄새에 고기를 사고 싶은 마음이 휙 달아난다.

어디선가 달콤한 냄새가 난다. 새로 생긴 꽈배기 가게에서 나는 냄새다. 기름에 금방 튀긴 꽈배기는 설탕을 묻혀야 제맛. 단팥빵 몇 개, 찹쌀 도넛을 담으니 봉지가 그득하다. 얼른 꽈배기 한 개를 집어 베어 문다. 설탕이 묻은 입가를 닦으며 느릿느릿 걷는다. 올망졸망 한 바구니에 파프리카가 한 가득이다. 지난번보다 더 많이 담겼는데 값은 더 싸다. 감자도 그렇고 양파도 그렇다. 우리 집 냉장고에 아직 남은 양파와 감자를 떠올리며 패스. 파프리카 한 바구니만 산다.

생선 파는 곳에 파리를 쫓으려 설치한 기계가 빙글빙글 돌아간다. 모기향을 피워놓는 것보다 훨씬 편리한 방법인 것 같아 괜히 미소를 짓는다. 생선을 먹은 지가 한참 되었다는 생각에 살피다가 그냥 지나친다. 오늘 저녁 메뉴로 정한 토마토 국을 끓이기에 생선은 어울리지 않는 까닭이다.

요즘은 마늘이 제철이다. 마늘을 다발로 쌓아놓고 파는 곳이 시장 곳곳에 눈에 띈다. 그 옆에 앉아 마늘을 까는 노파가 보인다. 손끝이 여문 노파의 손길에 뽀얀 마늘이 금세 수북하게 쌓인다. 그러고 보니 마늘을 내 손으로 직접 깐 지가 언제인지 아득하다. 김치를 담글 때에도 깐 마늘을 사서 하는 편이니 더 그렇다. 손가락 끝이 뭉툭하고 굵은 노파의 손놀림은 멈추지 않는다. 속살처럼 하얀 마늘한 봉지를 달라고 하자 노파는 마늘 까던 손을 바지에 쓱쓱 문지르고 난 후 일어선다. 굽은 허리를 다 펴지도 못한 채 노파는 내가 내민 지폐를 받아 챙긴다. 그러더니 이내 마늘 까는 작업을 잇는다. 잠시 노파의 곁을 서성이자 이상하다는 듯 노파가 나를 올려다본다. 나는 머쓱해져 발길을 옮긴다. 마늘 좌판 옆에 쪽파도 보인다. 가지런히 줄을 맞춰 쌓인 쪽파의 하얀 밑동이 미끈하고 곱다. 예외 없이 한 노파가 재바른 손길로 쪽파를 깐다. 얇고 가느다란 쪽파 껍질과 잘린 뿌리가 수북하다. 반복되고 지루한 작업도 마다하지 않는 그들의 진득함에 절로 고개가 숙여진다. 그들 모두 생활의 달인이요 장인이 아니고 무엇이랴.

과일가게 한편에 매실을 담은 자루가 많다. 매실액을 담글 때가 되었다는 신호. 튼실한 열매를 골라 담은 매실 자루를 고르고 더불어 내가 좋아하는 천도복숭아도 한아름 택했다. 탱글탱글한 토마토도 눈에 들어온다. 반짝반짝 빛나는 토마토 한 바구니까지 얹었다. 과일가게 아주머니가 선뜻 천 원을 깎아준다. 배달할 우리 집 주소를 알려주고 가벼운 발길을 옮긴다.

본격적인 여름이 오기 전에 하는 일 몇 가지가 있다. 선풍기 날개를 닦아 햇빛에 말리고 두꺼운 이불을 빨아 널고, 소파 위의 방석도 가슬가슬한 원단으로 바꾼다. 또한 얼음을 서너 차례 얼려 얼음 상자를 채우고, 작은 수건을 물에 적셔 냉동실에 놓기도 한다. 점점 뜨거워지는 날씨를 당해낼 방편은 아니지만 해마다 때를 놓치지 않고 하는 일 중의 하나가 매실액 담그기다.

매실을 준비하는 곳은 그때그때 다르다. 아는 이에게 사기도 하고 때론 매실을 키우는 이에게 선물 받는 경우도 생긴다. 이번에 시장에서 마련한 매실은 그 어떤 것보다 알이 굵다. 기분 좋게 꼭지를 따서 씻어 말린다. 설탕을 켜켜이 넣어 재우면 기다리는 일만 남는다. 내일 시장에 가면 또 무엇이 나를 반길까. 비가 온다던데 쪽파와 부추, 조갯살을 넣고 부침개나 부쳐 먹을까나.

신 대신?

집집마다 신을 보낼 수 없어 어머니를 만들었다는 말은 꽤 유명하다. 아이를 낳고 기르는 일은 어쩌면 신이 하는 일과 닮았을지도 모른다. 그만큼 어렵고 힘든 일이다. 그렇지만 신이란 어떤 존재인가? 무소불위와 전지전능의 아이콘이 아니던가? 세상의 모든 어머니에게 신이 되어달라는 은근한 주문 같기도 해서 나는 이 말을 들을 때마다 적잖이 거슬린다. 어머니 스스로 자청한 말이 아니라는 생각이다. 타인이 덧씌운 무겁고 거추장스러운 프레임이기에 더욱더 그렇다. 신처럼 되라는, 신처럼 아이를 키우지 못하는 이는 더는 어머니가 아니라는 뜻도 품은 듯해서 약간 기분이 상한다. 어머니의 다른 말이 신이라면 아버지는 과연 무엇인가라는 의문이 뒤를 이어 떠오른다.

얼마 전에 끝난 드라마에도 이 말이 나온다. 아이를 버린 엄마의 애달프고 슬픈 형편이 장황하게 나오는 와중에 나온 말이다. 캐릭터

이허와 저저의 밤

가 생생하게 살아있어 보기 시작한 드라마였는데 흥미가 뚝 떨어지고 말았다. 역시 결론은 엄마는 희생의 아이콘, 뒷바라지의 달인으로 가는 것인가. 특유의 재기발랄한 장점이 많고 배우들의 연기력이 훌륭한 드라마였는데 아쉬운 마음이 들었다. 그런 눈으로 보니 드라마에 나오는 많은 여자가 신을 닮은 캐릭터투성이다. 심지어 남편을 아이 기르듯 하는 여자도 눈에 띈다. 공동체처럼 뭉쳐 사건을 해결하는 것도 현실을 많이 비껴간 설정이다. 물론 드라마는 환상이고 비현실이지만 잊을 만하면 나오는 이런 종류의 '뒷바라지 신파'(드라마 보면서 내가 지은 낱말)는 인제 그만 보고 싶다.

아이를 키우는 일은 낯설고 어렵다. 어머니를 신에 빗댄 말에 긍정을 표할 정도로 힘들다. 신이 부럽지 않을 정도로 엄마는 한 번도 안 한 일들을 셀 수 없을 만큼 한다. 어머니가 되기 전 우리는 또 어떤가? 자궁에 자리를 잡은 그 순간부터 아니 세상에 나와서도 우리는 사는 동안 어머니와 함께 많은 일을 겪는다. 이 세상에 어머니가 낳지 않은 사람은 없으니 당연한 일일 것이다. 나이를 가리지 않고 어머니 앞에서는 아이가 되기도 한다. 어머니도 또한 자식을 늘 어린아이처럼 대한다. 가끔 그 끈끈함이 문제이다. 타인과 적당한 간격 속에서 사람은 더욱 성숙하고 독립한다고 믿는다. 오로지 우리 아이를 위해, 타인을 누르고 우뚝 선 아이를 만들고 싶은 엄마의 욕망은 비난받아 마땅하지만 지금도 계속 일어난다. 관련 뉴스를 접하면 역시 어머니는 절대 신이 아니라는, 신이 되어서는 안 된다는 생각이 든다.

어머니를 여읜 대다수 사람이 그 추억을 꺼내 곱씹는다. 그 추억이 좋은 기억이든 나쁜 기억이든 가리지 않고 떠올린다. 후회와 반성과 다짐이 난무하는 속에서 눈물을 흘리기도 한다. 그 눈물의 본질이 어머니를 인간으로 대하지 않고 신으로 대한 후회의 눈물은 아닌지 생각해볼 일이다.

관계가 끈끈할수록 부작용이 많은데 어머니와 자식의 관계는 끈끈하다 못해 끈적이니 문제가 생긴다. 그런데도 수많은 문학작품에서 혹은 개인의 기억 속 어머니는 참 아련하기만 하다. 어머니의 몫은 한결같이 크고 넓고 깊다. 자아가 강한 어머니의 표상은 여전히 지탄받는다. 현실에서도 그렇다. 어머니가 아닌 여자를 내세운 영화가 그렇고 남편을 죽인 여자, 아이를 학대한 여자, 부정한 방법으로 아이를 대학에 보낸 이를 다루는 뉴스가 그렇다. 물론 법보다 도덕이 먼저이고 양심이 우선이다. 그럼에도 타락한 신처럼 매도하는 것은 아니라고 생각한다.

다시 생각해도 나는 어머니가 신 대신이라는 것이 불편하다. 아니 수많은 타인이 그린 그럴듯한 어머니상을 그려놓는 것이 싫다. 누구든 어떤 프레임 안에 가두는 것은 자유를 빼앗는 것이 아니던가. 바람처럼 자유롭고 싶은 이들 속에서 그냥 살고 싶은 어머니를 굳이 희생의 아이콘으로 만든 이는 과연 누구일까? 누군가의 희생이 섞인 인생은 그다지 좋은 삶은 아니라고 믿는다. 많은 엄마가 그냥 어설픈 사람일 때 아이를 더 잘 키운다고 나는 감히 생각한다. 엄마와 아이, 둘 다 희생할 까닭도 의무도 없다. 덧붙여 사람으로 사는 일에 남자, 여자 구별할 필요도 없다. 아버지, 어머니를 나누는 일은 더욱더 가당치 않다. 그저 사람 대 사람으로 살면 된다.

우리는 남이다

가끔 입시 비리가 터지면 나는 사람들에게 말하곤 한다. 대학교도 추첨 방식으로 배정하는 게 어떻겠냐고, 그렇게 하는 것이 제일 손쉬운 해결 방법이라고, 처음엔 이상해도 자꾸 하다 보면 그것이 가장 공정하고 평등한 방법이라고 뇌까린다. 교육기관의 서열이 없는 사회가 되어야 비로소 교육은 올바르게 선다고 읊조린다. 그들만의 울타리를 먹고 자라는 것이 비리라고 외친다. 제1저자이든 협력자이든 일반 고등학생이 논문을 쓰는 일은 대학 입시용 스펙 쌓기에 불과하다. 대학이 고등학교 과정에서 결코 얻을 수 없는 스펙을 딴 것도 놀랍지만 그 스펙이 입학을 가르는 잣대가 된 것은 더욱더 놀랍다. 이미 학생과 대학교는 공범이다.

학교는 학생을 하나로 묶는다. 이른바 '동문'이다. 역사가 오래될수록, 학교가 클수록 그곳을 거쳐 간 학생들은 많으니 동문은 그 세가 커질 수밖에 없다. 초등학교에서 시작해서 대학교까지 학적은 늘

이허와 저저의 밤

따라다닌다. 살아서는 이력으로, 죽어서도 약력, 경력으로 남는다. 심지어 유치원, 학원, 대학원, 유학한 곳까지 따져서 동문을 말한다. 한 사람의 꼬리표에 붙은 학교 이름은 서너 개에서 많게는 열 손가락을 꼽아도 모자랄 지경이다.

동문이란 사실 참 묘한 인연이다. 공립이든 사립이든 일정 기간 학교에 다녀야 하는 상황, 그저 추첨이나 지역별 학령 인구 배분에 따라 학교가 정해지기 마련이다. 우연히 들어간 학교가 필연이 되고, 운명이 되기도 한다. 동문으로 얽히고설킨 관계는 쉽사리 끝나지 않는다. 지름길을 찾거나 편법이 필요할 때 곧잘 찾는 것이 인맥, 학맥이다. 그중에서 동문은 그 쓰임새가 남다르다. 학군에 따라 집값이 다르고, 아직도 학군을 따라 이사하는 이들이 없어지지 않는 형편이니 '동문'으로 이어지는 인연은 더 공고하게 우리 곁을 지킬지도 모른다. 이쯤 되면 무섭기까지 하다.

언젠가 검색을 하다가 우연히 어떤 학교 동문회 사이트를 알게 되었다. 무심코 몇몇 자료를 살펴보다 놀라고 말았다. 그 사이트는 거의 백 년에 가까운 사학의 본거지였다. 기수별로 동문회가 정리된 것은 물론이고 각각의 동문 활동이 자세하게 펼쳐졌다. 누가 어디에서 무슨 상을 탔고, 누구는 어떤 조직 내에서 어떤 직책으로 승진했으며, 동문 중 누구의 딸 결혼식은 어디에서 하고, 심지어 사위의 이력까지 자세하게 밝히고 동문의 참여를 독려하는 알림도 즐비했다. 그들만의 적나라한 카르텔은 버젓이 동문이 아닌 나 같은 이들도 열람하도록 문을 열어두었다. 동창회를 연 사진도 보였는데 머리가 하얇게 센 이들이 삼삼오오 모여 옛 추억을 곱씹는 자리였지만 나는 왠지 그들 모습에서 어떤 안간힘을 봤다. 가족관계까지 적나라하게 적어 정보를 공유하고, 나누고, 활용하는 모습은 우리 동문이 아니면 결코 낄 수 없다는, 우리끼리 모이는 곳에 감히 누가 끼어들어 하는 오만이 서린 것처럼 보였다. 이후 몇몇 학교의 사이트를 찾아봤다. 정도는 다르지만 대부분 동문회 사이트는 제각각 울타리를 치고, 남이 아닌 우리를 표방했다. 요즘 동문회 인터넷 사이트는 약간 시들한 곳이 된 것은 사실이나 여전히 학교 게시판에는 이름난 동문의 실적이 올라오는 중이다.

언젠가부터 인맥은 어떤 이를 말하는 잣대가 되었다. 학교에 입학해서 졸업하면 저절로 따라오는 동문은 인맥의 첫걸음일지도 모른다. 선발 시험을 쳐서 학생을 뽑던 시절은 지나갔지만, 아직도 학교 이름과 선배들의 업적(?)을 읊으며 추억하는 이들이 많다. 평준화 이전 세대와 이후 세대를 가르며 동문도 다 같은 동문이 아니라는 말까지 돈다고 들었다. 선배, 후배 운운하며 때로는 '우리가 남이가'를 내세우며 그들은 엘리트 의식으로 서로를 단단하게 묶는다. 웬만한 학교, 지역이 평준화를 내세웠지만, 그들은 또 하나의 덩어리로 학생들을 묶고 죄는 일은 학교에 다닐 때보다 졸업 이후에 더 강하다. 아직도 특별한 전형으로 학생을 뽑아 교육하는 곳이 남은 오늘의 현실은 동문의 힘이 절대 약하지 않다는 것을 알린다. 같은 학교에 다녔다는 까닭만으로 인연을 이어가는 일은 사실 그 부작용이 더 많다. 편법이 도사린 지름길에 공정함은 없으니 말이다.

선택의 폭을 넓고 깊게 하려면 열심히 공부하라고 우리는 아이들에게 말한다. 열 가지 선택지보다 백 개의 선택지가 인생을 풍요롭게 한다고 가르친다. 학원에 다니고 스펙을 만들고 내신 성적을 높이는 일이 과연 기회의 스펙트럼을 넓히는 일일까는 생각해볼 일이다. 저마다 다른 길이, 다른 선택을 하는 것이 옳은 일이라 믿는다. 백 명의 천 가지 선택이 방법이다. 그러니 동문이 다가올 때 명심하라.

'우리는 남이다.'

우리 동네

　늦은 밤, 모임을 끝내고 집으로 오는 길, 일부러 집에서 조금 먼 큰길가에서 택시를 내렸다. 불콰한 낮을 식히고 바람을 맞으며 걸을 작정이었다. 건널목 보도에 서서 초록 신호를 기다리는데 어딘가에서 클래식 음악 소리가 들린다. 성능 좋은 스피커인지 한껏 볼륨을 높였음에도 잡음이 없다. 정확한 음을 연주하는 현악기 소리는 허공을 꽉 채우고 내 귓가를 맴돌다가 거리로 내려와 흐른다. 첼로와 바이올린 소리에 연이어 클라리넷, 호른 소리가 이어 나온다. 제목은 모르지만, 귀에 익은 음악이 뒤를 이어 연주된다. 웅장한 분위기의 절정에서 팀파니와 심벌즈가 크게 떨고 덩달아 내 가슴도 뛴다. 유명한 음악 홀에 앉아 교향곡을 듣기라도 하듯 황홀한 순간이다.

　어디에서 나오는 소리인지, 소리를 찾아 다가선다. 주변은 온통 깜깜하다. 길가의 상가도 문을 닫고 빛도 보이지 않는다. 소리가 나는 곳은 역시 깊은 어둠 속이다. 그물망 셔터가 내려간 곳이 음악의 진원지다. 가게 안이 어렴풋하게 보인다. 가게 한쪽에 세워놓은 스피커가 보인다. 눈을 들어 상호를 확인한다. 타이어 가게이다. 그러고 보니 언젠가 낮에도 어렴풋하게 음악 소리를 들은 것도 같다. 우체국을 다녀오는 길이었을지도 모른다. 그동안에는 왜 이렇게 큰 음악 소리를 듣지 못했는지 알다가도 모를 일이다. 자동차에만 사각지대가 있는 것은 아닌 게 분명하다. 음악 소리에 끌려 건널목 신호를 몇 번 놓치고 나서 집으로 돌아왔다. 이후에 나는 이곳을 우리 동네 음악 홀이라고 여기고 자주 들러 음악을 듣는다. 굳이 주인의 얼굴을 확인하지 않는다. 그저 언젠가 타이어를 사거나 교체할 일이 생기면 꼭 이 가게로 가야지 하는 마음으로 지나다닌다.

우리 집 근처 상가에는 신용협동조합, 편의점, 김밥집, 독서실, 병·의원, 골프 연습장, 미용실 그리고 약국이 옹기종기 모여 있다. 어느 날, 약국 앞에 현수막이 걸렸다. 임대를 알리는 문구 옆에 업종 변경이 가능하다는 글자도 함께 보였다. 집 근처지만 발길이 잦지 않았던 곳이었다. 언젠가 병원을 다녀온 후 처방전을 들고 갔을 때, 취급하는 약이 아니라며 처방전을 다시 돌려받은 후 나는 거의 우리 동네 약국을 이용하지 않았다. 고작해야 쌍화탕이나 일회용 응급 밴드를 사러 갔을 뿐이었다. 그럼에도 왠지 친했던 이웃이 이사를 하는 것처럼 서운한 마음이 들었다. 언젠가 옆 아파트 상가의 치킨 전문점이 문을 닫은 후 가볍게 한잔할 곳이 사라져 아쉬웠던 기억도 났다. 병원 근처의 대형 약국만 이용한 내 탓이라고 괜히 자조 섞인 한숨을 쉬었다.

외출하고 집으로 돌아오는 길, 일부러 약국에 들렀다. 평상시 모습보다 왠지 허름한 모습의 실내, 두 개의 쌍화탕 중에 더 비싼 생강 쌍화탕 한 상자를 사고는 약사에게 약국의 존폐를 물었다. 약사를 구하는 중이라는 대답. 언제까지 문을 여냐는 것을 물어보려는 찰나, 약사에게 전화가 오는 바람에 긴 이야기를 나누지 못했다.

"없어지면 안 되는데……."

약국 문을 나서면서 중얼거리는 내 말을 약사가 들었는지는 잘 모르겠다.

동네에는 여러 가지가 필요하다. 대형 할인점뿐만 아니라 재래시장이 가까워야 하고, 편의점도 하나쯤 있으면 좋고, 빵집, 미용실, 분식집, 떡집, 우체국, 은행, 병원, 학교, 관공서 따위가 다 필요하다. 이 중에 하나라도 가까이 없으면 발품을 팔아야 한다. 살기 좋은 동네는 가까이 이런 편의시설이 옹기종기 모인 동네일 것이다.

우리 동네는 다행히 걸어서 갈 만한 곳에 거의 다 있다. 초등학교가 두 곳, 중고등학교도 가깝다. 주민자치센터도 멀지 않고 주변에 상업 시설보다 주거 시설이 많아 조용한 편이다. 마을버스를 비롯한 버스 노선도 비교적 많고 편리해서 이 동네로 이사 오기를 정말 잘했다는 생각을 여러 번 했다.

작년 봄쯤, 예쁜 커피숍도 들어섰다. 커피숍 덕분에 어두침침한 거리가 늦은 시간까지 환하다. 밥을 먹고 뒤풀이 장소로도 좋고, 집에서 가까워 부담 없이 차 한잔하기에도 알맞다. 오후의 햇볕을 쬐며 느긋하게 앉아 달콤 쌉싸름한 커피를 마시노라면 프루스트가 고

이허와 저저의 밤

심했던 잃어버린 시간을 되찾는 듯 여유롭다.

약국 창을 가린 현수막은 몇 주가 지난 오늘도 여전하다. 아무래도 약국이 없어지지 싶다. 빛을 잃어가는 현수막 천처럼 우리 동네도 흐릿해지는 것은 아닌지 씁쓸하다. 이러다가는 내가 좋아하는 거리 음악 홀도 사라질지 모른다는 생각에 퇴근한 남편을 붙잡고 이참에 타이어를 갈자고 부추긴다. 저녁을 먹고 동네 마실이나 가자며 남편 손을 이끈다. 건널목을 걷는 내 발걸음이 점점 빨라진다. 건널목 중간에 닿자 어김없이 음악 소리가 들린다. 박자에 맞춰 남편이 고개를 까닥인다. 이제 더는 우리 동네 지도가 바뀌지 않았으면 좋겠다. 음악이 나오는 타이어 가게가 없어지지 않기를 바라는 마음 또한 간절하다. 며칠 후 약국 자리 간판이 바뀌었다. 늙수그레한 약사가 다른 이름으로 이어받아 계속 영업 중이다. 참 다행이다.

꿈에

꿈에 언니가 나왔다. 언니는 꿈 내내 침묵했다. 대신 나는 쉬지 않고 떠들었다. 현실과는 전혀 다른 상황이다. 평소에 입 밖으로 내뱉지 못하고 삼킨 말들이 쉼 없이 나오고 또 나왔다. 그때 왜 나한테 그렇게 했는지, 그랬을 때 내 심정은 어떠했으며, 다시는 나한테 그렇게 하면 안 되는 까닭까지 실컷 내 속내를 드러내고 울부짖듯 소리쳤다. 그동안 꾹꾹 눌렀던 감정을 폭발시키느라 꽤 용을 쓴 듯 잠에서 깼는데도 한동안 멍한 상태였다. 잠시 후 몸을 추스르고 사전을 찾는다.

'꿈'. 명사. 잠자는 동안에 생시와 마찬가지로 여러 가지 사물을 보는 일. 실현하고 싶은 바람이나 이상. 공상적인 바람. 즐거운 환경에 젖어 각박한 현실을 잊음. '꿈도 꾸기 전에 해몽'은 어떻게 될지도 모르는 일을 가지고 미리부터 제멋대로 상상하고 기대한다는 말. '꿈보다 해몽'. 실지 일어난 일보다도 그 해석을 잘함. '꿈에 본 돈이다'는 아무리 좋아도 손에 넣을 수 없다는 뜻이며, '꿈에 서방 맞은 격'은 제 욕심에 차지 못함을 일컫고, 분명하지 못한 존재를 말하고, '꿈을 꾸어야 임을 만나지'라는 풀이말은 원인이 없는 결과는 없음의 비유. 주로 명령형으로 쓰는 관용구인 '꿈 깨다'는 헛된 망상을 버린다는 뜻이고, 또 다른 관용구인 '꿈도 못 꾼다'는 전혀 생각도 하지 못하다는 뜻이며 '꿈에도 없다'는 생각조차 해본 일이 없다는 뜻이다. 역시 사전을 찾길 잘했다. 모호하고 애매한 뜻을 한 쾌에 정리하는 일은 사전만 한 게 없으니 말이다.

시간과 공간을 마구 넘나드는 꿈이라도 꾸는 날이면 묘하게 기분이 좋다. 또한, 이 세상에서 더 이상 만나지 못하는 이가 나오면 아련함에 잠시 눈을 감고 생각에 잠기곤 한다. 마치 예언이라도 되는 양 꿈에 나온 사건이나 내용, 인물로 앞으로 일어날 일을 미리 짐작해보기도 한다. 가끔 꿈 풀이를 검색하기도 하는데 다양한 꿈 풀이 중에 되도록이면 긍정적인 풀이, 즉 내 입맛에 맞는 풀이를 찾아 이리저리 기웃거린다. 생생한 꿈을 꾼 날이면 꿈이 어떤 암시를 준 것만 같아 꿈 내용을 곱씹기도 하지만 대부분은 금세 잊고 아침을 맞이한다.

스펙터클한 영화 같은 꿈, 소설로 쓰기에 알맞을 만한 스토리와 인물이 나오는 꿈을 꾸면 일어나자마자 적어놓기도 하는데 다시 읽어보면 그런 횡설수설이 없다. 앞뒤가 맞지 않거나 도무지 말이 되지 않는 경우가 태반이다. 범위가 넓고 모호한 꿈일수록 더 그렇다. 문장을 고치면 꿈의 맥락이 무너지고 말아 꿈을 적는 일에 글쓰기

법칙은 무용지물이다. 금세 무의식 속으로 날아가버리기 때문에 무조건 생각나는 장면을 묘사하듯 적어야 한다. 이렇게 적어놓은 메모가 꽤 많다. 가끔 꺼내 읽기도 하는데 도무지 상황과 내용이 연결되지 않음에도 생동감은 커 기분 전환에는 제격이다.

마음에 들지 않았던 일이 꿈이 되어 나타나는 일이 종종 생긴다. 타인에게 하고픈 말을 참는다거나 마음에 들지 않은 상황이 여러 번 되풀이된다거나 하면 한풀이를 하듯 꿈에 나온다. 언젠가 다른 이에게 나만의 꿈꾸는 방식(?)을 이야기했더니 적잖이 놀라는 눈치였다. 누구는 행동으로, 누구는 글로, 누구는 그림으로 할 말을 대신하지만, 목소리를 내어 말하는 것이야말로 보편적인 의사 표현 방식이 아니던가. 꿈속에서 나는 이른바 슈퍼 갑이다. 목소리를 높이고 평소에 하고 싶은 말을 실컷 한다. 이런 경우 왠지 매우 후련하다. 이래서 현실 속에서 사람들은 갑질을 하는 것일까? 지나간 꿈이 허망하고 씁쓸하기만 하다. 하긴 세상사 무슨 일이든 호불호가 생기고 잣대를 들이대지 않아도 될 일이 무엇이던가. 꿈속에서나마 실컷 할 말을 하는 이가 많은 세상은 그다지 바람직한 세상은 아닐 터. 더는 목소리를 높이는 꿈을 꾸고 싶지 않다. 대신 그리운 이들이 잔뜩 나오면 좋겠다. 꿈꾸기에 더할 나위 없는 그윽한 봄밤이다.

이허와 저저의 밤

이누이트와 초몰룽마

장대비가 퍼붓던 날, 철벅거리며 암각화를 보러 갔다. 툇마루가 있는 정자에 앉아 주룩주룩 떨어지는 낙숫물도 실컷 보고, 애기쑥 차를 마시고, 젖은 양말로 운동화를 다시 신는 것이 참 오랜만이었다. 두런두런 우리의 이야기는 자연스레 예전으로 돌아가 시간의 기억을 헤맨다.

오래전부터 교육방송(EBS)을 좋아했다. 〈밥 로스의 그림을 그립시다〉도 재미있었고, 〈시네마 천국〉은 영화를 좋아하는 내가 꼭 봐야 하는 프로그램이었다. 채널이 다양한 요즘은 그렇지 않지만, 한때 교육방송에서 틀어주는 영화를 보는 재미가 쏠쏠했다. 또한, 다양한 주제를 가지고 선보이는 몇몇 굵직한 기획 프로그램은 교육방송이 아니면 해내지 못할 만큼 그 주제와 내용이 뛰어나기도 했다. 탐험하는 이의 여정을 따라 각국의 곳곳을 함께 누비기도 하고, 이름난 이의 강연을 안방에서 생생하게 듣기도 했다.

채널을 이리저리 돌리다가 멈춘 시점, 어느 작은 간이역에 얽힌 이야기를 하는데 구성이 남달랐다. 시(詩)를 읽는, 보는 느낌이랄까. 뭔가 깔끔한 화면 구성에 군더더기 없는 자막, 내레이션이나 멘트는 없고, 오로지 자막으로 처리한 것에 눈길이 더 머물렀다. 게다가 끄트머리에는 감동까지 주는, 5분 남짓 하는 프로그램치곤 울림이 꽤 컸다. 어, 뭐지? 하는 사이에 프로그램은 끝이 났고, 프로그램 이름도 모르고 지나갔다. 한참 후에 프로그램 이름이 〈지식채널e〉라는 것을 알게 되었다. 알파벳 e는 영어에 가장 많이 쓰이는 모음, e가 들어가는 단어를 테마로(people, culture, society 따위) 간략하지만 힘 있게 주제를 펼치는 프로그램이었다.

프로그램이 알려지기 전부터 아는 이들에게 좋다는 말을 하고, 아이들과 남편에게도 시청을 강요(?)했다. 열심히, 편성 시간을 꿸 정도로 프로그램에 빠져들었다. 그런 와중에 에스키모(ESKIMO)라고 불리는 나누크(NANOOK)족의 실상을 다룬 것을 보게 되었다. 극지방에서 날것을 먹으면서 생존해갈 수밖에 없는 사람들이었다. 에스키모는 구경꾼들이 붙여준 이름이었다. '날것을 먹는 사람들'이라는 야만적인 이름이었고, 나누크족은 스스로 자기들을 '이누이트'라 불렀다. '참사람, 우리 진짜 사람'이라는 뜻이라 했다. 참, 진짜 사람. 이누이트라는 뜻은 깊게 내 가슴에 남았다. 이누이트라는 명사를 알게 된 것은 순전히 〈지식채널e〉 덕이었다.

에베레스트의 원래 이름이 '초몰룽마'였다는 것을 알려준 것도 〈지식채널e〉였다. 영국 여왕의 대관식 전에 꼭 이루어야 할 정복의

이허와 저저의 밤

대상이었던, 세상에서 가장 높은 산은 티베트 언어로 '세계의 여신' 혹은 '세상의 어머니'라는 뜻이란다. 고유의 이름을 버리고 한낱 산을 오른 외지인의 이름으로 전 세계에 알려졌다니 이름을 짓는 일이 어쩌면 폭력일지도 모른다는 생각이 들었다. 그러고 보니 예전 영어 교과서에서도 에베레스트 경의 이야기를 읽은 생각이 났다. 초몰룽마를 알려주면서 〈지식채널e〉는 그곳에서 활짝 핀 존 헌트와 텐징 노르가이의 우정도 알려줬다. 또한, 운디드니 학살사건(Wounded Knee Massacre)에서 유래된 '운디드니'라는 이름의 역사, 우리나라 비정규직 문제, 사회보험 문제, 미국과 우리나라의 의료보험 비교까지 수많은 논쟁을 불러일으키고 대단히 민감한 사안들을 놓치지 않고 보여줬다. 관심 끌기, 생각하도록 만들기에 꽤 성공적인 프로그램이었다. 내가 알고, 믿고, 확신하던 것을 한꺼번에 아무것도 아니게 만든 프로그램, 충격도 컸지만, 관점을 바꾸게 했던, 그래서 여운이 더 남는, 작지만 힘이 넘치는 프로그램이었다. 이후 프로그램을 본뜬 책도 여러 권 나왔지만, 영상이 주는 감동보다 크지 않았다. 또한 프로그램을 담당하는 피디는 교육방송이 표류하면서 함께 흔들렸고 지금은 다른 곳에서 방송을 만든다고 들었다. 씁쓸한 일이 많던 시절이었으니 이해할 만한 상황이지만 아쉬움이 없지는 않다. 그런데도 몇 해 전부터는 국제다큐영화제(EIDF)를 상영하는 교육방송에 약간의 기대를 걸어본다.

서구의 탐험가들이 발견했다는 이유만으로, 그래서 그들이 편한 대로 이름을 붙인, 뜻도 모르면서 쓰는 낱말이, 이제는 세계적으로 널리 쓰는 낱말이 이누이트와 초몰룽마 외에 얼마나 많을까? 얼마 전에 끝난 드라마의 한 장면. 세상의 적폐를 알리려 벼랑 끝에 선 한 사람을 부르는 이름은 두 가지였다. 선배님과 수석님. 똑같은 길을 가는 후배들이 부르는 이름은 그렇게 달랐고 죽어가는 이가 당부한 것도 달랐다. 선배님 대접을 하는 이에겐 세상을 바꿔달라고 했고, 수석님이라 부른 후배에겐 지금도 늦지 않았으니 자신과는 다른 길을 가라고 충고했다. 이 장면을 보면서 누군가를 부르는 이름은 어쩌면 삶의 태도일지도 모른다는 생각했다.

나는 타인을 어떻게 부르고 사는가? 이누이트를 에스키모라 부르고, 초몰룽마를 에베레스트라 부르며 사는 쪽은 아닐는지 생각했다. 서로를 존경하지도 않으면서 그저 저희끼리 존경하는 누구누구 의원님이라 칭하는 정치인의 모습이 내게는 없는지 마음이 무겁다. 세상을 올바르게 사는 일은 어쩌면 타인을 제대로 부르고, 다른 누군가가 나를 잘못 불렀을 때 제대로 고쳐주는 일은 아닐는지.

그나저나 암각화를 예전 사람들은 어떻게 불렀을까?

이허와 저저의 밤

한미영일드

"집 말고 다른 공간을 구하세요. 냉장고도 꽉 채워요. 곧바로 일 상생활이 가능할 정도로 해놔요. 일이 닥쳤을 때 막상 갈 곳이 없으면 계속 당해요. 다른 사람한테 당신 상황을 알렸나요? 지금부터라도 당신 친구들한테 당신의 상황을 있는 그대로, 남편의 실상을 제대로 알려요. 그렇지 않으면 아무도 당신 편이 되지 않아요. 그동안 아무 말 없더니 무슨 말이야, 지금 거짓말하는 거 아니야? 그동안 너희 부부는 더없이 다정했잖아. 어느 게 진짜야? 다들 이렇게 말할 겁니다."

눈물이 가득한 채 여자가 상담 선생을 바라본다.

"그리고 이런 식이면 양육권 소송에서도 불리합니다. 당신은 아무한테도 남편의 폭력을 말하지 않았잖아요. 지금껏 다른 사람들도 까맣게 모르던데, 당신 남편이 주먹을 휘둘렀다니 그 말을 어떻게 믿죠? 상대편 변호사는 당신을 거짓말쟁이로 몰 거예요."

미국 드라마의 한 장면이다. 가정폭력을 당하는 주인공에게 상담사는 아주 구체적으로 해결책을 알려준다. 비록 내가 닥친 상황은 아니지만 어쩌면 알고 지내야 할 상식을 전해 받은 양 나는 드라마 대사를 곱씹었다. 모임을 나가서 다른 이에게도 이야기해주었다. 이 드라마의 전체적인 맥락은 '폭력'이다. 농도가 다르고 상황이 다르기는 하지만 등장인물은 모두 폭력과 관련된 처지이다. 누가 왜 어떻게 얼마만큼 폭력에 다가서는가를 세심하게 살피는 드라마라서 원작 소설을 읽었음에도 흥미로웠다. 첫 회에 눈길을 끌면 드라마를 계속 보는데 이 미국 드라마가 그랬다.

요즘엔 우리나라 드라마보다 미국, 일본, 영국 따위의 해외 드라마를 많이 본다. 이름하여 미드, 일드, 영드. 각국의 드라마는 나라 이름만큼이나 다르다. 대부분의 해외 드라마는 시즌제이다 보니 시즌이 끝날 때마다 감질도 나고 다음 이야기가 나올 때까지 꽤 한참을 기다려야 하지만 새 시즌을 놓칠 수 없는 드라마들이 많다.

미국 드라마(미드)는 상황을 피하지 않고, 아니 과장하는 것처럼 보일 만큼 상황을 적나라하게 보여주고 정리한다. 또한 범죄물, 판타지물을 막론, 장르가 다양하고 풍부하고 군더더기가 없다. 다만 시즌을 더할 때마다 등장인물 간의 관계가 막장을 치달을 때가 종종 생긴다. 언젠가 영화 〈사이코〉의 배경이 된 모텔을 모티프로 한 드라마를 봤는데 배경 설정도 그럴싸하고 인물도 초반에는 좋았는데 뒤로 갈수록 억지스러웠다. 그럼에도 대부분의 미드는 불필요한 장면, 군더더기 인물이 없을 정도로 깔끔한 편이다.

이허와 저저의 밤

영국 드라마(영드)는 이야깃거리가 풍부하다. 셰익스피어의 나라 답게, 다양한 서사의 문학작품이 많은 나라답게 드라마에서도 이야기를 버무리는 솜씨가 뛰어나다. 시대에 따라 변화하는 영국 귀족의 다양한 삶을 보여준 〈다운튼 애비〉, 오래된 이야기 속 탐정을 현대에 부활시킨 〈셜록〉, 영국 근대사에 숨은 피의 역사를 한 가문의 역사에 맞물려 그린 〈피키 블라인즈〉는 내가 흥미롭게 본 영국 드라마이다.

반면 일본 드라마(일드)는 잔잔하다. 대사도 조용하다. 감정을 최대한 억제하다가 끝에 가서야 언성을 높이는 식이다. 우리나라 드라마와 비슷하지만 다른 인간관계를 그린다. 대부분 등장인물 서로의 관계에 탐닉하는 내용이 많다. 또한, 개인의 소소한 이야기가 아니라 단체 안에서 생활하는 이야기가 주를 이룬다. 드라마의 배경과 상황이 우리와 꽤 비슷한 편이다 보니 공감이 가기도 하지만 피치 못할 상황에 여러 인물이 얽히고설키다가 화해하고 성공하는 이야기가 많다. 결론은 늘 한 가지, 즉 어떤 교훈을 주는 거대 담론으로 끝이 난다. 그러다 보니 해피엔드가 대부분이다. 역시 일본인의 기질과 다르지 않다. 물론 내가 본 해외 드라마가 그 나라 드라마의 평균은 아니라고 생각한다. 또한, 시청률이 검증(?)된 드라마들만 봤을지도 모를 일이다. 우리나라 드라마 중에서도 그 나라에 맞는 드라마가 해외로 팔리듯이 말이다.

우리나라 드라마는 어떨까? 지상파를 비롯한 방송국에서 숱한 드라마를 방송한다. 일주일 내내 사극에서 현대물, 판타지물까지 방송하는 장르도 다양하다. 배역을 맡은 배우의 팬이라서 혹은 어쩌다가 보기 시작해서, 친한 이의 추천으로 보기도 하지만 끝까지 흥미진진한 드라마는 별로 없다. 특히 요즘은 더 그렇다. 야심차게 시작한 이야기는 중간도 가기 전에 힘을 잃고 휘청거린다. 그러면 덩달아 나도 힘을 잃고 채널을 돌리고 만다. 그럼에도 나는 여전히 영드의 서사, 미드의 선명함, 일드의 세심함이 깃든 우리나라 드라마를 기다린다. 드라마는 작금의 고단한 우리의 현실을 벗어나게 하는 타임머신임에 틀림없으므로.

이허와 저저의 밤

피노키오의 나라

한지를 닮은 듯 거칠거칠한 진보랏빛 표지, 붓글씨로 쓴 제목, 'ㅇ
ㅇㅇ의 마지막 강의'라는 부제를 담은 책. 그의 글을 읽느라 요 며칠
을 보냈다. 그의 문장들은 여전히 담백하고 단정하다. 그동안 펴낸
책들의 내용과 일부분 겹치기도 했지만, 결코 지루하지 않다. 도리
어 생각의 먼지를 털어내는 시간이었다. 겨울, 새벽에 깨어 시리도
록 찬 감옥의 벽에 등을 기대고 앉아 곱씹었다던 그의 생각들은 도
도한 힘이 넘친다. 사소한 에피소드에서 끊임없이 입장을 달리하면
서 제 생각을 추출하고 펼쳐내는 솜씨는 여전했다. 고전을 통해 내
려온 이론들을 쉽고 다양한 예를 들어 설명하기도 한다.

위선과 위악을 대비해서 설명한 대목에서 그는 위악은 약자의 의
상이고, 위선은 강자의 의상이되 위장이라고. 누드 권력이란 없으며
언제나 화려한 치장을 하고 나타나는 것이라고도 했다. 또한, 약자
의 위악은 잘 보이지만 강자의 위선은 눈에 띄지 않아 우리가 잘 보

지 못한다고 말했다. 선을 가장하는 것이 미덕으로, 악을 숨기는 것이 범죄로 재단되는 강자의 논리를 경계하라고 설명하면서 위선과 위악의 베일을 걷어내는 공부를 해야 한다고 역설한다.

세상을 꿰뚫는 성찰이 담긴 구절에 밑줄을 긋다 보면 저절로 생각이 고인다. 졸렬하지만 성실한 삶을 사는 이들이 언젠가 필 꽃이라는 일갈에 주변의 많은 이들의 얼굴이 스친다. 절대 쉽지 않은 공부를 통해 함께 비를 맞는 것이 진정한 동행이라는 것과 북쪽을 가리키려 끊임없이 떨리는 지남철처럼 항상 고뇌하는 지성을 주문하는 그의 말을 되새긴다. 오랫동안 그가 천착한 관계론을 새롭게 읽는다.

우리는 타인과 이러저러한 관계를 맺는다. 친구로 혹은 등을 지는 사이로 때로는 이익을 나누고 제공하는 사이로. 또한, 만남과 이별, 재회, 또다시 돌아섬을 통해 살아가는 동안 수많은 타인과 조우한다. 주변의 사람들을 살피는 것이 때로 자신을 파악하는 지름길인 것처럼 나와 관계를 맺은 타인은 자신의 민낯이 되는 경우가 많다.

한 기업가가 메모를 남기고 죽었다. 실명과 액수를 적은 그의 '다잉 메시지'는 청문회 문턱을 겨우 넘어선 유력 정치인을 끝내 끌어내렸다. 수십 년간의 시간, 수백 회의 통화를 부정하는 많은 정치인의 모습에서 얼핏 피노키오가 떠올랐다. 그들의 뭉툭한 코가 뾰족하게 늘어나는 상상을 하며 혼자 웃었다.

모든 이들이 거짓을 말할 때마다 코가 길어졌다면 우리네 세상은 어떻게 되었을까. 타인의 이목이 두려워 진실만을 이야기하며 살았

　　　　　　　　　　　이허와 저저의 밤

을지도 모르고, 코끼리 부딪치는 일이 다반사인 세상이 되었을지도 모를 일이다. 설마 코를 짧게 잘라내는 성형술이 판을 치는 세상은 아닐 거라며 고개를 갸웃거린다. 하긴 사람이 된 이후 정작 피노키오는 진실만을 이야기하면서 살았을지 누가 알랴. 차라리 거짓이 바로바로 드러나는 피노키오로 가득 찬 세상이 더 행복할지도 모른다는 생각에 이르자 쓴웃음이 났다.

다 읽은 책의 갈피를 펼쳐 목차를 다시 한번 살핀다. 첫 번째 소제목인 '가장 먼 여행'부터 25장의 '희망의 언어 석과불식'까지 소리 내어 읽는다. 고전을 통한 세계 인식과 인간 이해의 자기 성찰이라는 담론을 충실히 따라간 독서였는지는 아직 모르겠다. 다만 적어도 거짓을 일삼는 피노키오는 되지 말자는 다짐을 했던 시간이었다. 절망의 괴인 산지박이 희망의 지뢰복으로 바뀌는 순간을 맛보았음에 만족한다.

찰박찰박, 비가 내린다. 이런 날이라면 씨 과실을 따내어 땅에 묻어도 좋으리. 열매에 스민 물은 뿌리를 적시고 줄기를 타고 올라 마침내 꽃이 되어 우리를 진짜 사람으로 만들어줄지도 몰라.

파마, 그 기묘한 일의 고찰

예전 고등학교 시절, 친구가 핀컬 파마를 하고 학교에 왔다. 우리는 친구를 빙 둘러싸고 친구의 머리 스타일을 구경했다. 어제까지 이마를 덮은 친구의 앞 머리칼은 날렵한 곡선을 그리며 윗머리에 살짝 올라앉아 있었다. 친구의 앞 머리칼은 친구의 손길이 지나가는 대로 척척 움직였다. 친구의 반듯한 이마를 드러내는 데 핀컬 파마만큼 탁월한 시술은 없어 보였다. 그뿐만 아니라 소위 아줌마 머리처럼 심하게 뽀글거리지도 않고 손질하기 좋을 정도로 구불거리고 흡사 곱슬머리 같은 적당한 웨이브를 가지고 있었다. 관건은 학생주임을 비롯한 선생님들이 눈치를 채느냐 마느냐였다. 다행히 친구는 교문을 통과할 때 학생부 선생한테도 지적받지 않았고, 담임선생님도 눈치를 채지 못하고 조회 시간을 넘겼다.

친구의 용기(?) 넘치는 행위가 우리는 마냥 신기했다. 부드럽게 넘어간 앞 머리칼 덕분인지 친구의 얼굴이 마냥 예뻐 보였다. 쉬는

이허와 저저의 밤

시간마다 우리는 삼삼오오 친구 곁에 모여서 친구의 머리칼을 구경했다. 급기야 어느 친구가 "우리도 하러 가자!"라는 말을 했다. 그때부터 교실과 우리 마음은 들썩이고 술렁였다. 그날 친구들 몇몇은 의기투합, 친구를 앞세우고 미용실에 갔다. 나를 포함한 대략 예닐곱 명쯤 되는 친구들이었다. 우리는 미용실 거울 앞에 앉았다. 머리칼을 자르려고 앉았을 때보다 백 배 두근거렸다. 핀컬 파마가 완성되고 얼굴이 하나둘 달라질 때마다 우리는 웃음을 터뜨렸다. 미용실 거울 앞에 들러붙어 이리저리 머리칼을 넘기며 깔깔거리며 세상을 얻은 듯 우쭐댔다.

그다음 날, 나는 일부러 이른 시각에 등교했다. 학생부 선생의 눈길에 띄지 않기 위한 최소한의 안전장치였다. 그런데 그날 하필 학생부 선생이 담당하는 과목 수업이 잡혀 있었다. 급기야 어떤 친구가 학생부 선생의 눈길에 띄었다. 평소와 너무 달라지게 예뻐진 친구의 얼굴이 화근이었다. 발뺌하는 친구의 머리칼에 선생은 분무기로 물을 쏘았다. 물을 먹은 머리칼은 길이가 확 줄어 이마 위에 찰랑거렸고, 더 곱슬곱슬해졌다. 선생은 친구의 머리를 쥐어박으며 으르렁거렸다. 붉은 낯으로 친구는 선생 앞에서 죄인처럼 고개를 떨어뜨렸다. 선생은 우리 반 전체 학생들의 면면을 매의 눈길로 살폈다. 몇몇이 지적을 받았다. 다행히 나는 걸리지 않았지만, 선생은 함께 핀컬 파마를 하러 간 모든 학생의 명단을 원했다. 결국, 미용실 거울을 보며 낄낄거리던 우리는 모두 교실 뒤로 끌려나갔다.

선생은 일렬로 선 우리의 머리칼에 분무기로 물을 쏘았다. 우리의 앞 머리칼이 줄줄이 꼬불거렸고, 선생은 우리에게 다음 날까지 원상 복귀하지 않으면 교칙에 따라 처벌받을 것이라는 엄포를 내렸다. 아마 핀컬 파마를 함께한 친구 중에 공부를 잘하는 친구가 섞인 덕분이었을지도 모른다. 방과 후 우리는 다시 미용실로 갔다. 곧게 편 앞 머리칼은 다시 좁은 이마를 덮었고, 반대로 구겨진 마음은 펴지지 않았다. 외모를 바꾸는 일에 누군가의 통제를 받는 일의 불쾌함은 오랫동안 가시지 않았다. 이렇듯 파마는 내 청춘의 빛과 어둠의 한 장면으로 남았다.

두 달에 한 번 혹은 석 달에 한 번은 미용실에 간다. 여자는 죽을 때까지 꾸며야 한다는 둥, 외모를 가꾸지 않는 여자는 자신을 포기한 거라는 둥 말이 많지만 나는 미용실에 가는 일도 외모를 꾸미는 일에 그다지 관심이 없다. 그렇다고 파마를 하지 않을 수는 없다. 한번 시작한 파마는 발목을 잡고 늘어지는 스토커처럼 끈질기다. 이리저리 제멋대로 뻗치는 머리칼이 생긴다 싶으면 파마를 할 시점이 된 것이다. 요즘은 파마와 더불어 염색까지 해야 하는 지경에 이르렀다.

파마하는 시간과 공간은 참 기묘하다. 비싼 돈을 주고 파마를 하러 가는 손님과, 자격증을 따야 가능한 직업인 미용사 사이에서는 소위 갑과 을의 관계가 얽히고설킨다. 미용실의 인테리어와 스타일도 천차만별이고 미용사의 솜씨 또한 제각각이다. 단골 미용실을 정하는 일은 마음처럼 쉽지도 않다. 머리칼은 잘 자르지만 파마하는

이허와 저저의 밤

솜씨는 영 시원찮고, 머리를 감기는 손길이 억세서 가기 싫은 경우도 생긴다. 얼굴에 수건을 올려놓고 샴푸를 받는 시간, 뒤로 젖힌 목에 닿는 서늘한 기운에 놀랄 때가 있다. 환한 홀과 달리 머리를 감는 곳은 축축한 기운이 서려 있고 어두침침한 까닭이다. 미용실을 배경으로 하는 공포소설을 쓰리라 마음먹은 작가는 과연 나쁠까. 이렇듯 내게 미용실은 신기하고 이야기가 숨은 공간이다.

요즘엔 파마하러 가는 시각을 예약할 수 있어서 편리해졌지만 몇 년 전만 해도 마냥 기다리기 일쑤였다. 지난 잡지 몇 권을 읽어도 내 차례는 돌아오지 않고, 미용실에 가득한 파마액 냄새 때문에 머리가 어질어질할 때쯤 미용실 거울 앞은 내 차지가 된다. 내가 원하는 스타일이 따로 있지만, 섣불리 미용사에게 말을 할 수도 없다. 대부분 미용사는 내가 하는 말에 족족 사족을 달고, 자신의 미용 지식을 뽐내기에 골몰하기 때문이다. 결국, 미용사의 전문가적(?) 견해와 손길대로 내 머리 스타일은 이리저리 휩쓸린다. 파마액 냄새로 가득한 집 안의 공기를 바꿔놓는 일은 파마의 최종 단계이다.

타인을 위해 파마를 하는 것인지 내가 나를 못 참아서 파마하는 것인지 모호하다. 둘 중 어느 것이든 간에 누군가에게 나를 맡기는 일은 여전히 낯설고 지루한 시간이다. 그나저나 청와대를 나온 그녀의 첫 파마는, 올림머리 스타일은 언제부터였을까. 그녀의 한결같은 올림머리 스타일, 벗어날 기미가 보이지 않는 그녀의 이미지. 그런 이미지로 굳은 것이 그녀의 인생을, 나라의 상황을 작금의 시국으로 변하게 한 단초는 아닐는지라는 괜한 생각마저 든다. 파면당한 후에도 전용 미용사 자매를 불러대는 그녀의 마음을 짐작하기는 쉽지 않다. 그녀의 올림머리 스타일은 헌법재판관의 헤어롤 사건과 굳이 비교하지 않더라도 이제는 진절머리가 난다. 그녀가 이제 파마든 염색이든 모든 이미지에서 자유로워지기를, 아니 모든 여자가 파마와 염색, 옷차림, 외모에서 벗어나기를 바라는 마음이 간절하다.

이허와 저저의 밤

나, 걷는 사람

얼마 전에 울산 시청자 미디어 센터에 갈 일이 생겼다. 일주일 간격으로 두 번 갔다. 처음은 자가용을 타고 갔고 두 번째는 버스를 이용했다. 일을 보고 집으로 돌아올 때는 두 번 모두 버스를 탔다. 우리 동네에서 시청자 미디어 센터로 가는 버스 노선을 검색하니 환승을 한 번 해서 가는 것이 배차 간격이 넓은 버스를 타는 것보다 수월해 보였다. 갈아탄 버스가 명촌교를 지나자 낯익은 풍경이 보였다. 얼른 버스를 내렸는데 아뿔싸, 센터 건물이 아스라이 멀다. 버스 정류장 이름이 센터가 아니다 보니 한 정류장 미리 내려버린 것이다. 정한 시간에 닿지 못할세라 잰걸음을 걷는다. 가로등이 어슴푸레 비치는 보도블록이 깔린 길은 폭은 일단 넓다. 허나 나 같은 보행자는 전혀 없다. 저녁 일곱 시가 조금 안 되는 시각임에도 말이다. 보행로 옆은 나무가 많다. 공원처럼 울창하게 가꿨지만, 어둠 속에 잠겨 경치가 전혀 보이지 않는다. 보행로 곁으로 수로가 보이는데 어둠 속이라 더 깊고 음산한 것이 금방이라도 날짐승이 나올 것만 같아 마음을 옥죄었다. 뒤에서 갑자기 나타난 자전거 때문에 괜히 놀라기도 하면서 걷다 보니 저 앞에 버스 정류장 표시가 나타난다. 버스로 치면 한 정류장을 걸어서 온 셈이다. 버스 정류장 이름을 울산 시청자 미디어 센터라고 고치면 좋겠다고 생각하며 주위를 두리번거린다.

센터는 도로 건너편이다. 횡단보도를 찾는 내 눈길에 가당찮은 도로 체계가 보인다. 센터 쪽 길로 직접 건너는 횡단보도는 없고 사거리를 중심으로 세 군데만 건널목이 설치된 희한한 구조. 미디어 센터를 가려면 건널목을 세 번 건너야 하는 상황이다. 결국 길 하나를 가로지르면 될 길을 빙 둘러 가야 했다. 길을 건느느라 허비한 시간만큼 모임에 늦고 말았다. 보행자를 생각했다면 어찌 횡단보도를 저런 식으로 설치했을까. 역시 보행자를 배려하지 않는 교통 체계는 우리 동네든 남의 동네든 가리지 않는다는 생각에 씁쓸했다. 문득 중구 시계탑 사거리의 건널목이 생각났다. 한 번의 신호에 보행자가 원하는 방향 어디든 갈 수 있는 횡단보도 말이다. 모든 사거리에 이런 횡단보도를 설치할 수는 없겠지만 미디어 센터 사거리의 횡단보도는 아쉬운 대목이다.

우리 동네 길 중에 내가 제일 싫어하는 길은 삼거리가 교차하는 곳이다. 그곳은 어느 회사의 사택 입구와 주택이 서로 마주 보는 곳이다. 두 대의 차가 겨우 지나다닐 만한 도로 폭이다 보니 자연스레 보행자는 길 가장자리로 밀려날 수밖에 없는 구조이다. 목표하는 방

이허와 저저의 밤

향으로 가려면 고개를 이리저리 돌리면서 잽싸게 발걸음을 떼야 한다. 살펴야 하는 방향이 서너 군데이다 보니, 걸음을 떼는 내 발길이 자꾸 끄트머리를 향한다. 차가 오지 않아도 보행자의 길은 가운데가 아니다. 자동차 전용 도로도 아닌 길인데 보행자는 길 끝으로 밀려난 것이다.

물론 차도와 보도의 경계는 노란 선으로 표시해놓았다. 차도 옆의 보행로는 한 사람이 겨우 걸을 만한 폭이다. 좁디좁은 보행로에는 몇 미터 간격으로 맨홀이 보인다. 결국, 보행자 도로는 하수가 흐르는 곳인 것이다. 그러다 보니 맨홀 뚜껑 창살을 뚫고 하수구 냄새가 올라와 걷는 기분을 망치기 일쑤다. 또한, 맨홀 뚜껑의 재질이 쇠라서 비라도 오는 날에는 미끄럽기까지 하다. 되도록 이 도로를 지나지 않으면 된다지만 구역을 가로질러 가는 다른 길은 없다. 그러니 다닐 때마다 인상을 찌푸리고 볼멘소리를 하고 만다. 신호를 기다리는 자동차 옆을 걷다가 사이드미러가 닿아 화들짝 놀랄 때도 많다. 경적을 울리는 차들의 기세에 눌려 종종걸음으로 도로를 벗어나기도 한다. 이 복잡한 도로를 일방통행로로 만들고 차도의 반을 보행자가 다니는 길로 만들면 좋겠다는 생각은 그저 공상일 뿐일까? 자동차가 다니는 구불구불한 도로는 직선으로 바뀌지만, 동네를 가로지르는 보행자를 위한 지름길은 거의 생기지 않는다. 걷는 사람은 알아서 걸어 다니라는 뜻인가.

요즘 시청에서 태화 로터리까지 이어지는 길에는 중앙 녹지대가 있다. 나무와 관목을 심어 설치하는 따위의 도로 체계를 보면서도 마찬가지 생각이 든다. 새롭게 설치한 중앙 화단이 과연 보행자를 배려한 체계인지 헷갈린다. 건널목이 많이 설치되었다는 느낌보단 무단 횡단을 막으려는 방편처럼 보이기 때문이다. 보행자보다 자동차의 원활한 통행과 미관을 위한 것은 아니었는지 묻고 싶다. 어르신들이 많이 다니는 신정시장 주변에 특히 건널목이 많이 설치되었으면 좋겠다는 생각이 든다.

가끔 일부러 도로의 가운데를 차지하고 걷기도 한다. 금세 자동차의 경적이 울리거나 자동차가 움직이는 소리가 들린다. 자동차보다 약한 나는 비켜설 수밖에 없다. 속도를 올리는 자동차 꽁무니를 바라보며 그저 한숨을 쉴 수밖에 없는 나는 걷는 사람. 당당하게 길 가운데로 걷고 싶은 보행자다.

이허와 저저의 밤

잔상 건너편

병원으로 들어서는 내게 간호사가 일제히 인사를 한다. "어서 오세요!" 이 말을 들을 때마다 묘한 느낌이 든다. 아파서 찾아오는 환자에게 이 인사말은 그다지 적절해 보이지 않는 까닭이다. 물론 병원 입장에서는 수많은 병원 중에 자신들의 병원을 찾은 환자가 고맙게 느껴질 것이다. 또한 환자가 고객으로 변했으니 당연히 인사말도 '어서 오세요'가 옳다고 생각할지도 모를 일이다.

의료시설이 이미 아픈 곳을 치료받고 위로받는 곳이기보다 그저 경쟁적으로 서비스를 제공하는 곳으로 변한 지는 오래다. 서비스 산업이 발달하고 경쟁적으로 손님을 끌어들여야 생존이 가능한 시대가 지속하는 한 부적절한 인사말은 원래의 뜻에 상관없이 계속 소비되리라.

환자를 고객으로 대하는 의료기관은 그러나 인사말과는 다를 때가 많다. 엑스레이를 찍고, 피를 뽑고, 혹은 초음파 진단을 받는 따위의 각종 검사를 왜 받아야 하는지 모르는 경우가 많다. 무슨 까닭으로 그런 검사를 하는지 어떤 약물이 쓰이는지 부작용의 사례는 얼마나 되는지에 대한 자세하고 쉬운 설명을 듣고 싶고 묻고 싶은데 병원에는 그럴 만한 인력도 의향도 없는 것처럼 여겨진다. 그저 밀려드는 환자를 빨리 순환시키는 일에 골몰하는 것처럼 보인다.

검사 결과가 모인 컴퓨터 모니터를 보면서 의사는 환자에게 몇 마디 묻고 차트에 휘갈겨 뭔가 기록을 한 후 약을 처방하고 진료를 끝낸다. 물론 대단한 병에 걸리지 않았다는 사실에 안도하지만 허탈할 때가 많다. 의사와 대면하는 짧디짧은 그 순간에도 선생님이라 부르며 연신 머리를 조아리는 나이 많은 환자라도 보는 날이면 더 그렇다. 내가 지급하는 비용만큼 양질의 서비스를 받지 못했다는 자각에 처방받은 약을 삼키면서 씁쓸한 웃음이 흐른다.

얼마 전에 유명 가수가 죽었다. 이례적으로 그의 죽음엔 의료사고라는 말이 뒤따랐다. 의료사고를 규명하는 일이 어렵고 힘겹다는 일을 증명이라도 하듯 선뜻 결론이 나지 않는다. 같은 엑스레이 필름을 보면서 서로 다른 결론을 도출해내는 의사들의 인터뷰는 그의 죽음에 관한 의혹은 결코 명쾌하게 풀리지 못할 것이며, 진실을 밝히는 것은 지난하고 고단한 과정이 될 것임을 예고한다. 사체의 부검에 이어 해당 병원의 의료 기록을 압수 수색하고 담당의였던 병원장을 불러 조사하는 중이지만 죽음의 진실이 드러날지는 의문이다.

어떤 사건이 일어나면 절차에 따라, 법에 따라, 시스템에 따라 조

이허와 저저의 밤

사가 이뤄지고 공정한 잣대로 판단이 마무리되고 매뉴얼에 따라 움직여야 하는데 아직도 개인적으로 감당해야 할 몫이 너무 크다. 그의 유명세가 조금은 진상 조사에 이바지하기를, 그와 비슷한 경우를 당한 환자 가족들의 눈물도 함께 마르기를 빈다. 의료 기록은 물론 모든 자료가 개방되기를 소망한다. 아버지와 남편을 잃은 가족에게 결코 눈물만이 남지 않기를 바란다.

눈을 떴다 감으면 잔상이 남는다. 잔상이 계속됨으로써 우리는 사물을, 사실을 기억한다. 생존을 위해, 안위를 바라고, 무관심을 가장한 채 우리는 부당함과 불공정함을 외면한다. 바꾸기 귀찮아서 거슬리는 말을 듣기 싫고 하기 싫어서 대개의 경우 내가 당사자가 아니라는 이유로 눈을 감는다. 조용해질 때까지 눈을 뜨지 않는다. 허나 계속 눈을 감고 있으면 바뀌는 것은 아무것도 없다. 변화를 가져오는 힘은 언제나 눈뜬 자들의 몫이다. 그러니 우리 이제 감았던 눈을 뜨자. 눈꺼풀을 움직여 계속 잔상을 남기자. 또렷한 세상이 보일 때까지.

작가를 부탁해

처음으로 글쓰기를 배울 때 내 문장은 한자어투성이였다. 또한, 부사와 꾸밈말로 한없이 늘어지는 문장이었다. 글쓰기를 하면서 내 게 일어난 가장 큰 변화는 우리말, 아니 낱말에 대한 새로운 깨달음 이었다. 누구나 쉽게 읽고 공감하는 문장을 쓰는 일은 사실 작가의 노력에 비례한다. 다른 표현을 생각해보고 쓸데없는 부사와 수식을 줄이면 문장은 짧아지고 명확해진다. 이름난 작품을 두루두루 읽고 좋은 문장을 찾아 필사하는 일은 그래서 작가들의 훈련에 좋을지도 모른다. 가끔 나도 다른 작가의 작품, 어떤 구절을 읽을 때 받은 영 감으로 새 작품을 쓸 동력을 얻기도 한다. 그만큼 빼어난 문장은 작 가에게도 독자에게도 매력적이다.

요즘 한 이름난 작가의 표절로 시끄럽다. 본보기로 제시된 두 개 의 문장은 지나칠 정도로 많이 닮아 시빗거리가 되기에 충분했다. 거기에 출판사의 어설픈 해명과 모르쇠로 일관한 작가의 태도는 판

이허와 저저의 밤

을 키웠다. 출판사의 성명과 작가의 사과가 연이어 나왔지만 힘을 잃은 뒤였다. 작가를 비롯한 문학계에 쏠린 독자들의 항의는 어쩌면 당연한 순서였다. 표절 문제는 꽤 오래전부터 야기된 고질적인 문제였음에도 제대로 해결하지 못한 것도 논란의 판을 키웠다.

그녀가 이름을 얻기 시작한 90년대는 비교적 개인의 아픔이 사회 전체의 아픔보다 우위에 섰던 시절이었다. 개인적으로 불우한 상황을 견뎌낸 작가의 이력과 더불어 아픔, 절망, 희망을 적절히 드러낸 그녀의 작품은 많은 이들에게 정서적인 공감을 일으켰다. 그만큼 이번 사건의 파장은 세고 깊어질 것 같다. 이번 일로 문학을 접지는 않을 모양이지만 소설가로서 우리나라를 넘어 세계 문단으로 뻗어 나가던 중이어서 안타까운 것도 사실이다.

문학 시장의 상업화와 거대 출판사의 출현은 다른 분야와 마찬가지로 다양한 개인적 욕구의 폭발, 대량 생산, 소비하는 시대적인 산물이다. 허나 이번 표절 사건은 문학의 마지막 버팀목이 없어진 것처럼 허전하다. 이유가 뭘까? 그것은 아마도 문학이라는 분야가 오롯이 치열하게 작가의 내면을 형상화하는 작업이기 때문일 것이다. 또한 적확한 낱말, 알맞은 문장, 개연성 있는 사건 전개를 위해 작가들이 얼마나 많은 시간을 견뎌냈는지 아는 독자들이 많기 때문이기도 하다. 그 반대의 경우가 표절이기에 많은 이들이 성을 낸 것이리라.

이번 사건이 터지기 직전에 이성복의 산문을 읽었다. 삼십여 년 동안 시인으로 살면서 이미 발표된 산문, 수상 소감, 묵은 글을 함께

엮은 책이었다. 그의 문장은 번민과 후회들로 가득했다. 어떤 대목은 그가 찰나의 영감을 낚는 시인임을 참작하더라도 사변적이고 장황했다. 하지만 누군가의 감정을 훔친 것이 아닌 그만의 생각을 진솔하게 풀어낸 터라 책을 읽는 동안 그의 사유를 따라 내 생각이 고였다.

우리는 수많은 책이 출판되고 작가가 탄생하는 시대, 소셜네트워크서비스(SNS)를 통해 지체 없이 사건이 퍼지는 시대, 디지털화된 자료를 누구든 열람하는 시대를 산다. 그만큼 시대를 관통하는 문학 작품을 일궈내는 일이 어려운 시절이다. 그럼에도 작가의 기본은 한결같다고 여긴다. 생각을 드러내줄 낱말을 찾고 문장을 벼리고 남다른 인물을 창조해 시대를 반영하고 이끄는 것이 작가의 몫일 터, 기본을 되찾는 일이야말로 독자를 비롯하여 문학을 사랑하는 이들을 다시 한자리로 모으는 지름길이라 믿는다.

이허와 저저의 밤

5부

이허

입시 방랑객

대학수학능력시험, 이른바 수능이 코앞이다. 하루, 단 한 번의 시험으로 십여 년 학습의 결과가 숫자로 판가름 나는 날이다. 성적에 따라 등급이 매겨지고 그에 따라 지원하는 대학이 달라지고 어쩌면 인생이라는 긴 여정에서 만나는 갈림길의 좌표가 될지도 모를 성적표를 받아 쥐는 날. 수십만의 수험생은 수험생대로 학부모는 학부모대로 예민해지고 신경이 곤두서는 시기이다.

그림 그리기를 좋아하고 만화를 즐겨 읽던 아이의 꿈은 꽤 어릴 때부터 정해졌다. 아이는 만화 관련 고등학교에 진학해 계속해서 제 꿈을 키웠다. 고등학교를 다니는 동안 아이는 만화뿐만 아니라 디자인을 비롯한 실용미술에 관심이 생겼고 그 방면의 대학으로 진학을 원했다.

수시와 정시를 막론하고 디자인을 비롯한 미술대학 입시의 첫 관문은 실기시험이다. 입시 비리가 터지고 입시미술이라는 용어가 생길 정도로 천편일률적인 그림 솜씨로는 더 이상 당락을 가늠하기 힘들어지자 입시미술의 고정된 틀을 깬 전형이 생기고 실기전형을 폐지하는 일부 대학이 생기기도 했지만 여전히 미술대학의 입시는 실기시험이 주를 이룬다. 실기시험 장소를 확보하고 채점하는 과정이 길어서일까, 미술대학의 전형료는 다른 일반 전형료보다 훨씬 비싸다. 또한 전형을 통과하지 못하는 수험생에게 전형료를 되돌려주는 경우도 거의 없다.

실기시험을 치르는 일은 대학뿐만 아니라 수험생들에게도 어렵고 힘겨운 과정이다. 실기시험의 대부분이 해당 학교에서 오전 시간 위주로 이뤄지다 보니 대부분의 수험생들은 이른바 '입시 여행'을 한다. 미술도구를 잔뜩 챙겨 넣은 커다란 캐리어를 끌고 아이와 나는 본의 아니게 입시 여행을 몇 차례 했다. 들쑥날쑥한 실기시험 날짜에 맞춰 학교 근처에 사는 친인척의 집으로 아이를 혼자 보내기도 했고 새벽에 기차를 타고 오가기도 하고 1박 2일의 일정을 잡기도 했다.

얼마 전 어느 대학이 대형 전시장을 빌려 실기시험을 치렀다. 행사를 하듯 기획한 대학의 처사가 뉴스거리가 되고 입시를 치른 아이의 말로는 천장의 조명 빛이 미술을 하기에는 부적합했다는 말을 들었지만 나는 차라리 합리적인 결정이었다고 생각한다. 대중교통이 편리한 곳이라는 장점 외에 복잡한 대학 내 건물을 찾아 우왕좌왕하는 일도 없었으니 말이다.

몇몇의 학교를 오가는 동안의 시간은 공간으로 흩어져 돌아오지

이허와 저저의 밤

않은 채 흘렀다. 수능 최저 학력 기준으로 최종 합격을 정하는 몇몇 대학교에 지원한 터라 수능 공부 시간이 아쉬웠지만 시험을 보느라 지친 아이를 차마 닦달하지는 못했다.

시험을 마치고 돌아오는 차 안에서 문득 '방랑'이라는 낱말이 떠올랐다. '정처 없이 떠돌아다니는 일'이라는 방랑의 뜻을 찾아 읽으면서 나는 내내 고개를 주억거렸다. 비록 이동의 목적이 분명했지만 고작 몇 시간의 시험을 위해 쓴 비용과 시간에 비해 쌓인 추억과 기억은 별로 없는 여정이었으니 이것이 방랑이 아니고 무엇일까.

이런 와중에 수시 논술과 면접을 보는 수험생에게 유스호스텔을 제공한다고 나선 서울시의 결정은 반가운 소식이 아닐 수 없다. 또한 우리 지역에서도 생각해볼 문제라 생각한다.

아이가 대학에 입학하면 더 이상 대입에 신경을 쓰지 않는 학부모들이 주변에 많다. 나 또한 그럴 것이다. 허나 지금 우리가 잘 만든 제도와 정책은 누군가에게 이롭게 쓰일 것이다.

더 이상 입시 방랑객이 되어 떠도는 일은 이들이 없는 세상을 꿈꾸는 오후, 여전히 평등한 가을 햇살이 온 세상을 비친다.

올림픽과 시간

동계 올림픽이 한창이다. '겨울 올림픽'이라고 했으면 어땠을까 하는 마음이 드는 것도 잠시, 개막식을 보는 내내 마음이 벅차다. 평창 올림픽이 열리는 때도 잘 모를 정도로 무심했던 지난날이 살짝 부끄럽기도 하지만 그동안 나라 안팎으로 너무 많은 사건이 생겨 올림픽을 기다리고 즐기기엔 겨를이 없었던 것도 사실이다.

올림픽 하면 떠오르는 사진 한 장이 있다. 잠실 주경기장 앞에서 어머니와 함께 찍은 사진이다. 오륜기가 선명한 경기장 앞, 그 시절의 유행 패션을 보여주듯 나는 상하의 모두 청청 패션이다. 엷은 청색의 셔츠와 청바지, 흰색 운동화 차림의 나와 살굿빛 치마 정장에 스카프를 맨 어머니가 나란히 선 모습이다. 올림픽이 한창이던 그해, 어머니를 모시고 육상 경기를 보러 갔던 것으로 기억하는데 우리 모녀가 아닌 다른 일행이 있었는지 세세한 것은 기억나지 않는다. 다만 어머니와 함께 찍은 사진을 보면서 어렴풋이 그 시간을 떠

이허와 저저의 밤

올릴 뿐이다. 그 시간은 이미 사라졌고 기억도 가물거리지만, 이번 올림픽 개막식을 보니 왠지 그 시간이 다시 온 듯 가깝다.

겨울의 추위가 잠시 물러간 평창의 하늘 밑, 고구려 무용총의 벽화를 응용한 군무와 퍼포먼스는 웅장함 그 자체였다. 특히 인면조와 백호의 출현은 신기하고 자랑스러웠다. 빛이 솟구쳐 별자리가 되어 에워싸는 장면에서는 탄성이 절로 나왔다. 입체를 평면의 방식으로 인식하는 인간의 시각적 한계를 뛰어넘은 것처럼 보였기 때문이다. 증강현실이라는 새로운 기술을 접목해서 만들었다는 해설에 제3의 눈이 생긴 듯 황홀했다. 메밀밭을 흐르는 달빛을 따라 아이들의 꿈이 펼쳐지고, 모두가 소통하는 조화로운 세계를 꿈꾸며 밤하늘로 솟구쳐 오르는 미디어 링크, 드론으로 만든 오륜기는 성큼 우리 곁으로 온 미래 기술을 보여주기에 충분했다. 피겨 여왕 김연아가 점화한 불꽃을 마지막으로 성화는 긴 여정을 끝마치고 활활 타올랐다. 또한, 개막식의 막바지, 도깨비 난장을 보여준 저스트 절크 팀의 몸놀림은 수천 년을 이어 내려온 우리 민족의 신명을 펼치는 장이었다.

두 시간여의 개막식 행사 중에 제일 눈에 띄는 것은 '시간의 문'이라는 제목의 퍼포먼스였다. 수백 개의 사각 화면으로 쪼개진 시간을 다양하게 움직이면서 펼친 공연은 디지털 기술의 집약체처럼 보였다. 언젠가 봤던 영화, 〈인터스텔라〉에서처럼 인간의 시간을 형상화하고 가시화한 것처럼 보였다. 각각 다른 화면이 송출 가능하다는 사각의 엘이디 판은 시간을 쪼개듯 흩어졌다가 모이고 다시 흩어져 서로 다른 시간을 표현했다. 내가 그동안 관심을 기울이던 시간의 개념을 생생하게 보여주는 것 같아 더욱 벅찬 마음으로 지켜봤다.

시간이란 무엇인가? 시간의 축에서 사는 인간이 도저히 넘을 수 없는 차원, 태어남을 기점으로 한 번도 벗어나지 못하는 숙명 같은 것, 빛의 속도로 나아가야 비로소 멈추는 상대적 개념, 일정한 법칙에 따라 운동할 때 그리는 일정한 경로인 궤도가 아니던가. 흐르는 것은 시간이 아니라 나임을 알지만 그래도 번번이 나는 시간을 초월하고 싶은 인간적 욕망에 사로잡히고 만다. 광자니 양자역학이니 입자이면서 파동이니 하는 과학적 이론을 차치하고 그냥 스쳐가고 흐르는 시간, 공간 속에서 부서지고 쪼개지고 흩어져 존재하는데 우리가 알아채지 못하는 것은 아닐는지 생각한다.

육체를 가진 이상 빛의 속도를 따라잡을 수 없기에 인간은 이야기를 만들었을지도 모른다. 공상, 상상, 이야기 속에서 시간은 한낱 자그마한 장치에 불과한 경우가 많고, 빛의 속도보다 빠른 것이 생각의 속도이기 때문이다. 물리적 한계를 뛰어넘는 것이 또한 생각이기 때문이다. 상상을 보태 생각을 펼치는 것이 이야기이기 때문이다. 가끔 세상은 어제와 같고 나만 혼자 달라지고 추억은 다르게 적힌다는 노랫말을 들으며 시간의 속성을 생각한다. 시간의 오묘함과 비밀을 생각한다. 그러는 사이에도 시간은 성큼성큼 내 곁을 떠난다. 이렇듯 절대적이란 형용사와 상대적인 꾸밈말이 함께 어울리는 낱말이 시간이다. 문득 시간이 멈춘다면, 아니 인간이 사는 차원을

이허와 저저의 밤

벗어난다면 과연 어떤 일이 벌어질는지 상상하기도 한다. 언젠가 꼭 시간과 공간을 넘어서거나 혹은 반대로 갇혀버린 인간이 어떻게 변하는지, 어떤 생활을 하는지 SF소설을 써보리라.

개막식이 끝난 뒤에도 여기저기 올림픽 소식이 넘친다. 직접 참가한 선수들은 각자의 기록으로 수백분의 일 초를 다툰다. 지켜보는 우리는 금세 잊고 말지만, 그 순간을 몸으로 체험한 선수들에게 그 시간은 다르게 기억되리라. 시간과 기억을 뒤로하고 올림픽은 십칠 일 동안의 일정을 마칠 것이다. 모쪼록 안전하고 평화로운 시간이길 바라는 마음이다. 많은 이들의 관심을 끌 폐막식 공연이 벌써 궁금하다. 내 인생의 한자락 시간을 떼내어 멋진 공연을 지켜보리라.

영화제 즈음에

〈나는 파리다〉라는 인도 영화를 봤다. 조금 과장된 듯한 설정에 중간마다 나오는 노래와 춤, 뮤지컬 형식이 많은 인도 영화 특유의 분위기가 물씬한 영화였다. 분명히 예전에 극장에서 본 것 같은데 어디서 누구와 어떤 계기로 봤는지 잘 생각나지 않았다. 기억하려 애쓰며 계속 영화를 봤다. 영화의 중반부쯤 남자 주인공은 불의의 죽음을 맞이한다. 그 후 파리로 환생하여 자신을 죽인 이와 사랑하는 여인의 곁을 맴돌며 온갖 일을 겪고 만드는 내용이다. 앵앵거리는 파리 특유의 시끄러운 소리도 잘 표현했고 가상이지만 파리의 시각으로 본 세상의 면모가 꽤 잘 나타나 흥미로웠다. 시점을 달리하니 평범한 장면도 신기하고 재미있는 상황으로 변했다. 자신을 죽인 인간을 이리저리 공격하며 앙갚음을 하는 장면에선 웃음이 절로 나왔다. 문득 이 영화를 보면서 그럴싸한 설정과 개연성이 풍부한 줄거리에 마음을 빼앗겼던 기억이 났다. 기억의 물꼬를 트자

이허와 저저의 밤

연이어 영화를 봤던 당시의 기억이 주룩주룩 이어 나왔다.

아는 이들과 부산 국제영화제를 갔다가 본 영화였다. 당시에 영화제 개막작이라서 꽤 화제를 뿌렸던 영화라는 것도 기억이 났다. 영화를 보면서 많이 웃고, 관람을 마친 후 일행과 함께 맛있는 식사를 하며 이런저런 이야기를 나눴던 생각도 났다. 상영관이 부산 영화의 전당이 아니라 회관 비슷한 곳이었다는 것도 새록새록 떠올랐다. 까맣게 잊고 지내던 내 삶의 한 장면이 다시 살아나는 순간이었다. 그때 그 일행을 다시 만나 영화 이야기를 하고 싶기도 했다.

몇 년 전까지만 해도 영화를 정기적으로 보는 모임도 하고 영화 감상평을 적기도 했는데 근래 영화를 본 기억이 아득할 만큼 멀다. 언젠가부터 영화를 봐도 감동이 생기지 않았다. 영화를 애써 골라도 감흥이 미진했다. 그런 일이 잦다 보니 점점 영화관을 찾지 않았다. 굳이 개봉관을 쫓아다니지 않아도 인터넷으로 다운을 받거나 방송 매체 VOD 서비스를 통해 영화를 접할 기회가 많은 것도 한몫했다. 그런데도 영화 소개하는 프로그램은 종종 봤다. 또한 영화 관련 뉴스는 여전히 흥미로운 관심거리였다. 칸 국제영화제가 시작되었다는 뉴스도 마찬가지이다. 그러고 보니 〈나는 파리다〉라는 영화를 본 것은 영화제 홍보 차원이었을지도 모르겠다. 유명한 영화제 시즌을 틈타 텔레비전에서 관련 영화를 방영하는 예는 찾기 어렵지 않으니 말이다.

올해는 한국 영화 탄생 백 년이 되는 해이다. 이것을 주제로 어느 신문사에서 한국 영화 백 편을 골라 실었다. 백 년을 살아남은 영화 중 내가 본 영화부터 눈에 띄었다. 영화를 즐겨 봤던 시절과 추억이 떠올라 주의 깊게 읽었다. 예전 영화는 소설이 원작인 경우가 많았는데 요즘은 만화에서 파생한 것이 많은 것은 시대적인 흐름일 게다. 제작 편수와 제작비가 나날이 늘어나는 영화판에서 살아남은 영화라니 괜히 대단해 보였다. 미처 챙기지 못한 영화를 보고 싶은 마음 또한 솟았다.

프랑스 도시 칸에서는 영화제가 한창이다. 우리나라 영화인들도 늘 참석하는 영화 잔치이다. 영화와 배우들이 초청되어 작품을 상영하고 레드 카펫에서 맵시를 자랑하는 자리이기도 한다. 전 세계의 수많은 배우와 영화 관계자들 속에 우리나라 배우와 영화인을 만나는 것은 내심 뿌듯한 일이다. 사실 국제영화제에서 상을 받기란 쉽지 않다. 해마다 수상을 점치지만, 우리나라 영화가 상을 받은 횟수는 손에 꼽을 만큼 적다. 그럼에도 해마다 이즈음에 들려오는 영화제 소식에 괜히 마음이 간다. 수상의 영광이 오든 말든 상관없이 축제를 즐기는 모양새라 더 그렇다. 다양한 색감과 디자인이 어우러진 드레스를 입고 한껏 뽐을 낸 배우들을 보기만 해도 좋다. 점점 이름을 모르는 배우가 많아지는 것이 조금 아쉽지만 말이다. 이번 칸 영화제에서 공로상을 탈 배우는 프랑스의 노배우인데 수상 전 구설수에 휘말리는 상황이다. 오랫동안 영화판에 몸담은 그이지만 삶의 이력은 그다지 인정받지 못하는 모양이다. 하긴 스크린 안과 밖은 다른 세상이니 그럴 만도 하다.

이허와 저저의 밤

이번 칸 영화제에는 우리나라 작품도 제법 초청을 받은 모양이다. 국내 개봉을 하지 않은 영화에서 관객을 끌어 모으는 중인 영화까지 다양하다. 현지 상영에서 기립 박수를 받는 영화가 많다고는 들었지만 우리 영화에 쏟아지는 심사평이 좋다는 이야기가 들린다. 모쪼록 좋은 소식이 오기를 기다린다.

상실과 질투를 지나면

한 달에 한 번 독서회를 간다. 독서회의 좋은 점은 모두 알다시피 편식하지 않는 책 읽기다. 책을 고르는 것도 취향과 습관이 생기기에 독서회 활동은 의미가 깊다. 다른 이가 추천한 책을, 의무감이 섞인 태도로 읽다 보면 어느새 책갈피가 술술 넘어간다. 이번 달 독서회에서 같이 읽은 책은 무라카미 하루키의 『색채가 없는 다자키 쓰쿠루와 그가 순례를 떠난 해』였다. 선인세가 십억을 넘었으니, 오랜만에 사람들이 서점에 줄을 섰으니 하는 따위의 화제를 몰고 다닌 터라 흥미를 가지고 읽어 내려갔다.

요 근래 노벨 문학상 후보로 거론되는 작가답게 촘촘하고 찰진 구성과 더불어 매력적인 인물들이 다가왔다. 하루키의 짧은 글귀는 잠언처럼 속 깊었다. 일본인을 대표하는 것처럼 보이는 주인공을 비롯하여 주변 인물들의 상황과 이야기가 쉼 없이 터져 나왔다. 색채를 잃어버리고 생활인이 되어버린 친구들의 모습은 힘을 잃은 지금

이허와 저저의 밤

의 일본을 투영해놓은 듯했다. 문학에 음악을 버무린 솜씨는 여전했지만 노벨 문학상을 탈 만큼 글로벌한 위대한 인물도, 보편타당한 심오한 철학도 보이지 않았다.

일 년에 한 번, 가을 무렵이면 노벨 문학상이 발표된다. 우리나라 작가 중에는 아직 받은 사람이 없다 보니 이맘때쯤 연례행사처럼 사람들은 노벨 문학상을 받을 만한 작가들을 들먹이곤 한다. 후보 물망에 오른 몇몇 원로 시인이나 소설가의 이름은 메인 메뉴가 되지 못한 채 계절 메뉴로 남는다. 번역의 문제를 이야기하고, 작품의 깊이와 지속성을 말하고, 국가의 힘이 회자되기도 하지만 몇 년 동안 모두 틀리지도 모두 맞지도 않은 상황이 계속되었다. 지난해 중국 작가가 받은 후에 조바심은 더 심해진 것 같기도 하다. 일본 문학이나 중국 문학의 역사보다 뒤질 것이 없다지만 되짚어볼 일도 많을 것이다. 외국어를 잘하는 세대들이 많아지고 문학 교류도 활발하지만 아직은 역부족이지 싶다.

특강을 하던 시인은 시집을 누가 읽는지 아냐고 물었다. 다름 아닌 시인들이라고, 일반 독자들은 결코 몇천 원밖에 하지 않는 시집을 안 산다고 했다. 시인은 그래서 시를 쓸 때 자유롭다고, 몇만 명의 사람들이 자신의 시를 읽는다면 시를 쓰지 못할지도 모른다고 했다. 시인의 일갈이 시인의 자조 섞인 한탄인지 비아냥이었지는 모르겠다. 시인의 말은 아팠지만 사실이었다.

가을이 독서의 계절이라는 말은 무색해졌다. 연중 내내 책을 읽어서가 아니라는 건 누구나 알 것이다. 시를 읽는 이가 시인밖에 없듯 소설을 읽는 이가 줄어든 것도 사실이다. 어린이 책이나 실용서적이 많이 팔리는 현실은 어제 오늘 일이 아니다. 일 년에 책을 한 권도 발간하지 못하는, 무실적 출판사가 94퍼센트라는 뉴스를 봤다. 소규모 출판사들이 경쟁력을 상실한 이유가 인터넷 서점과 대형 출판사의 횡포에 가까운 독점 때문이라고는 하지만 책을 소비하는 독자의 책임도 있으리란 생각이 든다.

울산에 들어선 대형 서점이 반가우면서도 직접 간 것은 몇 번 되지 않는다. 그저 클릭 몇 번으로, 출판사의 홍보 문구를 보고 책을 구입했다. 얼마 전에 생긴 대형 서점의 중고 매장을 이용하긴 했지만 다양한 분야의 알록달록한 책 표지를 직접 보고 고르는 재미를 잃어버린 지 오래다. 얼마 전 파주출판도시 북소리 축제에 가서도 눈으로만 책을 보고 왔으니 무슨 할 말이 있을까.

노벨 문학상을 타는 일이 유일하고 최고 목표인 작가는 아마 없을 것이다. 그저 상이라는 것은 묵묵히 문학의 길을 가는 이에게 찾아오는 멋진 행운이리라. 비록 올해 노벨 문학상을 타지는 못했지만 고은의 시를 읊조리고, 조정래의 유려한 대하소설을 읽으며 고개를 주억거리고, 황석영의 남다른 포부에 가슴을 펴는 이들이 많아지기를 기대해본다. 노벨 문학상을 주는 이는 다름 아닌 우리라는 생각도 곁들여 하길 권한다.

이허와 저저의 밤

비상등처럼

선거가 끝나고 당락이 모두 가려졌다. 선택을 받은 이도 아쉽게 떨어진 이들도 이젠 모두 한숨을 돌릴 게다. 승리와 패배의 원인을 두고 누구는 다짐을 하고 누구는 분석을 할지도 모를 일이다. 지역의 일꾼이 된 이들의 감사 인사로 잠시 밤이 술렁인다. 당선 인사를 하는 이의 목소리가 꽤 힘차다. 거리엔 아직도 후보를 알리는 현수막이 많이 남았다. 무관심하게 봤던 약속들이 선거 후에 더 눈에 띄는 건 왜일까.

햇살이 아직 남은 오후, 예고된 시간이 되자 전기가 끊겼다. 요즘 통 울리지 않는 집 전화기의 본체가 삐릭, 신음 소리를 내듯 꺼졌고, 본체와 연결된 무선 전화기도 덩달아 멈췄다. 하루 종일 돌아가던 냉장고 모터 소리도 사라졌다.

전기가 사라지니 집 안이 고요하다. 소리를 쏟던 텔레비전도 한순간에 조용해진 그때, 거실 벽이 순간적으로 밝아진다. 저절로 눈길이 빛을 쫓는다. 평소에는 잘 눈에 띄지도 않는 등! 우리 집에 아예 작동 스위치도 없는 등, 이른바 비상등이다.

햇살이 남은 오후, 비상등의 빛은 반경이 좁다. 어둠을 밝히기보단 희미한 빛을 머금고 제자리를 지킬 따름이다. 상황이 어찌 되었건, 굳이 깜깜한 밤이 아니더라도 그저 묵묵히 제 할 일을 하는 비상등을 보면서 언젠가 읽은 미국의 소설가 레이먼드 카버의 「사소하지만 도움이 되는」이라는 단편소설이 떠오른다.

소설은 아이의 생일에 맞춰 케이크를 주문하는 장면으로 시작한다. 생일날 아이는 예기치 못하게 뺑소니를 당한다. 부모는 아이에게 전적으로 매달린다. 전화가 걸려온 건 그 무렵부터다. 깊은 밤에 걸려오는 전화는 부부에게 공포가 되기도 하고 분노의 대상이 되기도 한다. 결국 아이는 병원에서 죽는다. 그때 또다시 전화가 온다. 그것도 죽은 아이를 들먹이는 전화! 상대방을 기억해낸 엄마는 다짜고짜 쇼핑센터로 달린다. 전화를 건 이는 다름 아닌 케이크 상점의 주인. 케이크를 찾아가지 않는 손님에게 전화질을 하던 상점 주인은 아이의 죽음에 얽힌 자초지종을 들은 후 진심으로 사과한다. 더불어 초췌한 그들에게 의자와 커피, 갓 구워낸 빵을 권한다. 먹는 것은 아주 좋은 일이라면서 말이다. 소설의 제목처럼 부부는 동이 틀 때까지 움직이지 않고 그의 호의를 받는다. 아이의 죽음으로 거의 먹지 못하던 부부는 비로소 그의 사소하지만 도움이 되는 배려로 삶을 꾸려갈 기운을 되찾는다.

거실을 온전히 밝히지 못했지만 비상등은 전기가 들어올 때까지

이허와 저저의 밤

내내 제 깜냥만큼 빛났다. 욕심을 부리지도 억지를 쓰지 않은 채 말이다.

지역의 참 일꾼이 되는 일은 어쩌면 비상등이 되는 일일지도 모른다. 평상시엔 전혀 존재감을 드러내진 않지만 필요할 때는 언제나 맡은 바 책임을 다하는, 결코 무리하지 않고 딱 필요한 만큼만 빛을 내는 비상등.

당선이 되기 위해 혹은 사람들의 관심을 끌기 위해 많은 약속이 일방적으로(?) 펼쳐졌다. 임기 동안 약속한 일을 다 이루면 더할 나위가 없겠지만 그렇지 않은 경우도 생길 것이다. 통계적인 커다란 성과보다는 실질적으로 '사소하지만 도움이 되는' 공약부터 이행하길 바란다. 또한 실천을 중히 생각하는, 약속을 지키는 당선자들이 많았으면 좋겠다. 그것만이 이번 선거에서 균형을 이루지 못한 우리 지역을 지키는 일이리라.

낯익은 이들

지난달 말쯤 친구 아들의 결혼식에 다녀왔다. 그 친구와 나는 열다섯 살, 중학교 2학년 때 만났다. 다른 두 친구와 더불어 넷이 친구로 지냈다. 이후 우리는 다른 고등학교에 다녔다. 소식이 끊길 뻔했는데 지금껏 만나는 사이가 된 것은 오롯이 친구 덕분이다. 친구는 간헐적이지만 연락을 늘 먼저 한다. 잊을 만하면 전화가 온다. 액정 화면에 친구의 이름이 뜨면 왠지 뜨끔하다. 지난번 먼저 전화하겠다고 한 약속을 지키지 못한 까닭이다. 짐짓 미안한 마음을 누르려 다른 때보다 목소리 톤을 높인다. 아들이 결혼한다는 소식을 전하는 친구의 목소리도 함께 높아질 무렵 우리는 처음 만났던 그 시절, 서로 낯익히던 그 시절로 돌아간다. 친구가 보낸 청첩장에는 신랑과 신부가 소곳한 모습으로 손을 마주 잡은 장면이 담겨 있었다. 친구의 아들 모습에서 제 엄마를 닮은 넉넉함이 배어 나오는 것 같아 그저 좋았다. 친구를 볼 생각에 서둘러 차표를 예매했다. 친구 덕분에 다른

이허와 저저의 밤

한 명의 친구와도 연락이 되었으니 이보다 더 설레는 일이 있을까.

아침부터 서둘러 온 덕분에 예식 시각까지는 제법 남은 상태였다. 지하철을 타고 도착한 곳은 가끔 뉴스에도 나오는 으리으리한(?) 교회, 서울 한복판에 우뚝 선 교회 건물에 들어서자 거리의 소음이 한꺼번에 사라지고 만다. 세상에서 점점 멀어지고 그들만의 요새가 되어버린 작금의 종교 시설을 상징하는 것 같아 약간 씁쓸했다. 어쨌든 축하하러 간 자리, 오랜만에 친구를 만날 생각에 발걸음을 재촉했다.

예식을 치르는 곳은 교회 부속 건물처럼 보였다. 로비를 지나 2층 채플실 복도로 들어섰다. 번잡스러운 예식장과는 달리 한산한 모습이었다. 부조금을 받는 자리도 아직 빈 상태였다. 긴 시간 버스를 타느라 풀어진 매무새를 정리할 겸 화장실을 먼저 찾았다. 거울 속 내 얼굴이 타인처럼 낯설다. 수십 년을 살다 온 서울도 마찬가지. 낯익던 곳이 낯선 곳으로 변하는 것은 아마 시간과 마음 탓이리라.

예식을 치르는 홀로 들어서니 친구가 멀리 보였다. 한복을 곱게 차려 입은 친구는 연단 아래에서 사람들과 뭔가 이야기를 하는 중이었다. 나는 그 모습을 멀찍이 서서 잠시 지켜봤다. 여전한 친구의 모습에 반가움이 왈칵 나왔다. 친구에게 다가가 아는 체를 했다. 손을 맞잡은 우리의 환한 웃음과 반가운 목소리는 여전하다. 이번에 결혼하는 친구 아들은 더할 나위 없이 깔끔한 모습이다. 잘 커줘서 고맙다는 인사를 건네는 내게 친구 아들은 예전에 뵌 적이, 낯이 익다는 말을 했다. 그의 기억 속에 나는 어떤 모습으로 남았는지 문득 궁금했지만 긴 이야기를 나눌 상황은 아닌지라 웃음으로 답했다.

로비가 점점 사람들로 가득 찰 무렵, 나는 예식홀 의자에 앉아 곧 시작할 예식을 기다렸다. 예식 순서는 기독교 예배 형식, 기도와 찬양과 축하 의식이 적절히 섞여 나쁘지 않다. 예식홀 의자로 다가오는 목소리에 얼굴을 돌렸다. 이번에 연락이 되어 만나는 친구의 목소리는 왜 이리 친근한지, 인사를 나누는 새 세월과 시간은 금세 멀리 달아난다. 십수 년이 넘어 만나도 한눈에 서로를 알아보는 것이 새삼 신기하다. 시간이 기억으로 쌓인 덕분이다. 예식을 지켜보는 내내 우리는 소곤대며 지난 이야기를 했다. 함께 밥을 먹으며 계속하던 이야기는 커피점으로 이어졌다. 그동안 못 봤는데도 전혀 어색하지도 이상하지도 않은 사이, 금세 시간의 벽을 뛰어넘는 우리는 낯익은 이들이었다. 밤이 이슥하도록 못다 한 이야기는 끝이 없었다. 우리가 함께한 그 시절, 낯익은 이들을 끄집어내는 일은 당연한 차례였다. 친구는 내가 머물 곳으로 손수 차를 몰아 데려다주는 수고를 마다하지 않았다.

집으로 내려오기 전 주말 우리 셋은 또다시 만났다. 예식을 치른 후의 홀가분함이 더해 이야기꽃은 더욱 환하고 크게 피었다. 남편이 아파 누운 지 오 년, 그 가운데 예식을 치렀으니 그 속이 어땠으랴. 기도와 절제로 다진 친구의 의젓함에서 무한 긍정적이었던 옛 모습이 저절로 떠올랐다. 친구들과 헤어져 오는 귀갓길, 지하철 차창에 비친 내 모습은 그동안 수없이 보던 그 모습이었다. 그 낯익은 내 모습을 보며 빙긋 소리 없는 웃음을 날렸다. 비록 사는 곳이 다르고, 통화는 많이 하지 못하지만 내게 그들은 내게 영원한 낯익은 이들로 남으리.

이허와 저저의 밤

본다

마주 보고 걸어오는 사람에게 언제 눈인사를 해야 할지 망설인 경험을 한 이들이 많을 것이다. 눈을 마주친다는 것은 내 공간에 타인이 들어섰다는 말과 같다. 사람의 신체와 행동의 크기는 타인과의 간격이 얼마인가에 따라 일어난다. 타인의 시선을 피해 개인적인 공간을 필요로 한다. 타인과 적당한 거리는 일 미터에 불과하다. 이내 이면 불안을, 밖이면 거리감을 느낀다고 한다.

'본다'라는 행위는 망막을 통해 들어오는 시각적인 정보를 넘어서서 그 사건에 대한 가늠자가 생겼다는 말이다. 세상을 보는 다양한 잣대를 결정하는 것은 각자의 지식이나 가치관 혹은 경험이나 문화적 환경도 한몫하지만 그 어떤 무엇보다 선행되는 일은 무언가를 보는 일이다. 백문이 불여일견, 몸이 천 냥이면 눈이 구백 냥이라는 말은 괜히 나온 말이 아니다. 사람이나 세상을 보는 안목을 키우는 일은 한 해가 지나면 나이를 먹는 일처럼 거저 얻어지는 것은 아니다.

그 과정에서 염치와 도덕이 생기고 세상을 살아가는 이치가 생겼을 것이다.

세상은 뉴스로 넘쳐난다. 살아 있다는 것은 어쩌면 새로운 소식에 귀를 기울이고 관심을 가지는 일일지도 모른다. 불행한 일을 당한 이름 모를 이에게 위로를 건네고 나라를 대표해서 열심히 뛴 운동선수들을 응원하고 나랏일을 시작하는 정치인에게 세간보다 엄정한 잣대를 들이대며 질타를 보내기도 한다. 이 모든 일의 첫 번째 단계는 '본다'라는 행위에서 출발한다.

연이어 나오는 뉴스의 중심은 CCTV이다. 어린이집에서 일어난 참혹한 구타 사건부터 크림빵 뺑소니 사건까지 CCTV가 잡은 화면은 사건 해결의 결정적인 증거가 되었다. 그만큼 영상은 힘이 세고 강력하다. CCTV의 설치와 운영은 순기능과 역기능의 경계를 넘나들고 사건이 터질 때마다 서로의 의견이 분분하니 이번에도 그 결과는 지켜볼 일이다.

요즘 우리네 세상은 하나같이 휴먼 스케일을 뛰어넘는 거대한 공간이다. 고층 아파트에 살면서 대형 쇼핑몰에서 물건을 고르고, 마천루로 출퇴근을 하고, 수천 명을 실어 나르는 지하철을 타고 다닌다. 공간이 넓어질수록 내 눈이 닿는 곳은 줄어든다. 더불어 타인의 시선에 대해 무감각해진다. 모르는 이투성이인 곳에서 나를 지켜보는 것은 다름 아닌 CCTV이다. 단 한순간도 한눈 팔지 않고 지켜본다. 목적을 명시하지도 어디에 있는지조차 모르는 카메라는 공간의 목격자가 되어 끊임없이 기록하고 저장한다. 차량에 부착하고 다니

이허와 저저의 밤

는 블랙박스는 달리는 목격자가 되어 사건을 해결하기도 하지만 각자의 입장을 무참하게 만들기도 한다.

기계의 눈이 인간의 눈을 대신하는 세상이 살 만한 것인지는 상황에 따라 다르겠지만 왠지 녹화된 영상이 결정적인 단서가 되어 해결이 되는 뉴스를 접할 때마다 씁쓸해지고 골목길이 많던 옛 동네가 그리워지는 것도 사실이다. 내 눈길이 닿지 않는 데가 없고, 가벼운 발걸음으로 언제든 다녀올 이웃집이 가깝고, 어른들의 눈길과 어린 아이들의 시선이 수줍게 마주치던 곳이었던 동네는 찾기 힘든 공간이 되었고 어느덧 나들이 공간이 되어버렸다.

오늘도 텔레비전에서는 영상이 쏟아진다. 자료화면이라는 미명하에 언제 어디서 찍었는지도 모르는 영상들이 가득하다. 기계의 눈이 포착한 영상을 보다가 지쳐 텔레비전 전원을 끈다. 잠시 감았던 눈을 뜬다. 자연스레 창문으로 눈길을 돌린다. 건물 사이로 하늘이 보이고 산자락의 나무가 눈에 띤다. 햇살이 어느새 봄을 품은 것처럼 밝게 보인다. 놀이터에서 노는 아이들의 웃음소리가 들린다. 비로소 내 눈가에 웃음이 어린다.

밥상의 미학

　많은 하객의 박수를 받으며 한 쌍의 부부가 탄생하는 자리, 지아비와 지어미로서 서로의 몫을 향해 출발하는 순간이다. 꽤 엄숙했던 예전과는 다르게 요즘의 결혼식은 재기발랄하다. 작은 음악회를 하듯 축가가 이어지고 작은 이벤트도 곁들여진다. 그 속에서 신랑과 신부는 한껏 즐기는 모양새다. 하객들도 아낌없는 환호와 박수로 둘을 축복하니 식장은 금세 들뜬다. 가족과 친지, 아는 이들과 사진을 찍고 한 끼니 식사를 같이하는 것으로 예식 대부분은 끝이 난다.

　세상의 많은 이들이 이렇듯 결혼식을 기점으로 부부라는 이름으로 거듭난다. 여태껏 다른 자리에서 일상을 꾸리던 둘은 이제 같은 공간에서 일상을 공유하고 생각을 나눌 것이다. 함께 결정해야 할 일들이 생기고 각자의 자리를 고수하기보다 한 발 뒤로 물러서야 할 때도 잦으리라. 또한, 가족이 되어 하는 일은 밥을 먹는 일이다. 세 끼는 아니지만 적어도 하루에 한 번 이상은 같은 밥상을 마주한다.

이허와 저저의 밤

이러니저러니 해도 밥상의 최고 미학은 수평이다. 비딱하게 기운 밥상을 누가 불편해하지 않으리. 부부가 된다는 것은 같은 날 똑같은 시각에 어른이 되었다는 의미 외에 밥상의 수평적인 관계를 맺었다는 뜻이리라. 그러니 혼인은 세상에 나와 평등하고 수평적인 사람이 생겼다는 이정표를 세우는 일임일 뿐이다.

신혼 기간이 지나고 아이를 키우고 함께 나이를 먹다 보면 당부의 말로 가득 찼던 주례사나 수많은 하객의 박수, 흥겨웠던 축가를 잊게 마련이다. 사랑의 맹세는 빛바랜 청춘처럼 흐려지고 처음의 설렘이 커다란 하품으로 남은 부부들도 많으리라. 평생을 잉꼬처럼 산 어느 노부부의 이야기를 담은 영화가 흥행에 성공했다는 것은 역설적으로 그렇지 않은 부부가 더 많다는 뜻은 아닌지 돌이켜본다.

용기가 생기지 않아서, 때로는 경제적인 이유와 아이들 때문이라는 허울로 무늬만 부부로 사는 이들이 제법 많다고 들었다. 또한, 부부라는 이름으로 평생을 함께하지 못한 사람 중에는 이름을 알린 이들도 많다. 언론과 대중의 굴레 속에서 삼십여 년의 세월 동안 폭력 속에서 살았다는 어느 연예인 부부 이야기는 '부부'라는 이름이 얼마나 헐거운 관계인지를 대변한다. 성폭력과 감금으로 시작된 그들의 결혼은 가정폭력으로 이어졌고 이제 법정에서 서로의 진실을 부르짖기에 이르렀다. 그들의 사랑을 앞을 다투어 보도했던 언론들은 이제 정반대의 관점에서 그들의 사생활을 낱낱이 까발린다. 수십 년간 언론과 대중을 속인 그들의 능력(?)을 차치하고 그들에게 부부로서 처음으로 마주한 밥상을 기억하느냐고 묻고 싶다. 밥과 국, 소찬이었지만 즐거움이 가득했던 밥상을 마주했던 일이 애초에 있었느냐고 반문하고 싶다. 그들의 첨예한 대립은 아마 점점 균형을 잃고 쓰러진 밥상에서 시작되었을지도 모르는 일이다. 함께했던 수많은 끼니, 함께 마주했던 밥상은 그들에게 어떤 의미로 남았을까. 나란히 놓인 숟가락과 젓가락의 개수가 줄고, 서로 다른 자리에서 다른 사람과 마주하는 밥상의 횟수가 많아질수록 부부의 갈림길은 멀어지지 않았을까.

밥상 예절이 남달랐던 우리네 옛 풍속에서도 잔치가 벌어지면 어린 손자와 할아버지, 시어머니와 며느리, 조카들이 함께 어울려 같은 밥상에서 국수를 먹으며 새롭게 출발하는 부부를 축복하지 않았는가. 평생을 잔칫날처럼 살지는 못하더라도 가끔은 처음의 밥상을 떠올린다면 인생의 갈림길에 서 있는 부부가 다른 선택을 할지도 모를 일이다.

나른한 봄날, 향긋한 쑥국으로 잊었던 최초의 밥상을 기억해보는 것을 어떨까.

이허와 저저의 밤

또 다른 세상의 말

뽀로롱, 휴대폰의 알림음이 울린다. 단체로 이야기를 나누는 그
룹톡. '누구누구님이 어느어느 회원님을 초대했습니다.' 초대자와
참여자를 살피니 한참 동안 잊었던 동기들이다. 그동안 동창모임에
도 가지 못했을 뿐 아니라 바뀐 전화번호를 챙기지 않았기에 뜻밖이
었다. 얼른 자판을 두들겨 대화에 끼는 것으로 반가움을 나타냈다.
내가 올린 글을 읽을 때마다 대화창에 붙은 숫자가 줄어든다. 서툰
마음이 오타로 찍히고 그림말(이모티콘)로 마음을 표현하느라 이야
기 창이 와자지껄해진다. 서로의 안부를 묻고 답을 다는 사이 어긋
나는 이야기는 순서에 상관없이 잘도 읽힌다. 그러는 사이 우리는
시간을 뛰어넘어 스무 살로 달린다. 청청했던 스무 살, 3월에 처음
만난 우리는 지금처럼 떠들며 놀았지. 이제 우린 또 다른 세상에서,
스마트폰이라는 타임머신을 타고 한바탕 신명 나게 솟아오른다.

인터넷이 사람을 네트워크로 엮으면서 우리는 또 다른 세상을 산

다. 스마트폰은 사이버 세상의 빅뱅을 가져왔다. 톡톡 튀는 아이디로 개성을 표현하고 짧은 한 문장으로 심정을 나타낸다. 수시로 블로그나 인터넷 카페에 접속해 의견을 나누고 정보를 얻는다. 사이버 친구의 친절한 안내를 나침반 삼아 여행을 가고 물건을 고르는 눈을 키우고 입맛에 맞는 맛집을 찾아 기웃거리기도 한다. 한 번도 얼굴을 마주 보고 이야기하지 않은 이와도 금세 친구처럼 속에 담아둔 이야기를 나눈다. 클릭 몇 번으로 어디든 닿고 참여가 가능하다. 끝없이 팽창되는 사이버 세상은 또 다른 우주일지도 모른다. 사이버 세상을 대하는 태도와 방식이 다르고 발을 담그는 정도도 다르지만 세상 속의 또 다른 세상을 외면하고 살기도 쉽지 않다.

쉼 없이 올라오던 동기들의 이야기가 뜸하다. 작별의 그림말이 올라오고 우리는 정겹게 달리던 타임머신을 내렸다. 서로 나눈 전화번호를 저장하고 새 친구로 등록된 이들의 프로필을 살핀다. 기억 속의 푸르른 모습은 사라지고 후덕한 얼굴이 프로필에 어리친다. 불룩한 배를 가리지 않고 찍은 사진만 봐도 요즘 뭘 하고 사는지가 훤히 들여다보인다. 앞을 다투듯 올린 친구들의 가족사진은 딸이 누구를 닮았는지, 아들이 해병인지 혹은 대학생인지, 어디를 여행했는지, 무슨 책을 읽는지 적나라하게 알려준다. 멀리 외국에 사는 몇몇 동기들조차 스마트폰 세상으로 쏙 들어와 내 손가락이 터치해주기를 기다린다.

글자는 또 다른 세상의 말이다. 육성이 아닌 글로 소통한다. 통화보다 문자를 보내고 받는 일이 일상이 되었다. 몇 개의 낱말을 써서

이허와 저저의 밤

보내는 문자는 간편하고 편리하다. 여러 사람에게 한꺼번에 보낼 수도 있고 일일이 통화를 해서 같은 이야기를 되풀이하는 번거로움을 덜어주기도 한다. 하지만 가끔 보내는 이의 의도와 다르게 읽힌다. 글자엔 뉘앙스나 억양, 표정, 눈빛 같은 비언어적인 몸짓과 뜻이 깃들기 어렵기 때문이다. 생략된 물음표를 느낌표로 읽어 오해를 산 경우도 있었다.

얼마 전 축구선수의 트윗이 문제가 되었다. 개인적으로 비밀리에 올린 글이 일파만파로 퍼지고 급기야 공식적으로 징계를 논의하는 수준에 이르렀다. 즉흥적이고 순간적인 감정을 섞은 짧은 문장이 글쓴이의 의도를 희석시킨 채 순식간에 퍼지니 후폭풍이 만만치 않은 것이다. 개인적인 기록을 지나치게 과장해서 뭇매를 때린 면도 없지 않다. 작은 목소리로 투덜거린 아이에게 호된 매를 든 격일지도 모른다. 하지만 기록으로 남은 욕설은 고인다. 썩은 내는 뭇 사람들의 코를 자극하고 이맛살을 찌푸리게 하고 마침내 자신에게 돌아와 고약을 떨고 사라진다. 뒤늦게 사과를 하네, 트위터를 탈퇴하는 따위의 행동을 취하지만 이미 생채기가 남은 후다.

사이버 세상은 글자로 넘쳐난다. 접속이 쉽고 빠르니 반응도 즉각적이고 다양하다. 대부분 평상시 말투를 그대로 적는다. 말을 옮긴 글은 일방적이고 위험하다. 내 뜻이 오롯이 전달될 것 같지만 그렇지 않은 경우가 더 많다. 말과 글은 엄연히 다르기 때문이다. 사이버 세상에서도 말조심은, 글조심은 그래서 유효하다.

두 벌 혹은 그 이상

포근한 이불이 생각나는 이즈음 해야 할 일, 바로 옷장을 정리하는 일이다. 대개 한가위 전에 마쳤을 일인데 올해는 더위가 오랫동안 머물러 서두를 필요가 없었다. 옷장에 가지런히 걸린 옷가지를 이리저리 살핀다. 두 벌인 몇 개의 옷이 눈에 띈다. 사이즈도 색깔도 디자인도 똑같은 옷이다. 앞판에 사슴과 꽃무늬가 들어간 초록빛 니트도 두 벌이고, 빨간 입술이 찍힌 검정 티셔츠도 두 벌이고, 목까지 올라오는 주황빛 니트도 두 개 나란히 걸렸다. 이 외에 디자인이 똑같지만 앞판 색깔이 다른 호피 무늬 티셔츠, 같은 브랜드에서 나온 앙상블 세트는 자그마치 세 벌이다. 또한, 앞과 소매는 마원단이고, 뒤판은 부들부들한 폴리에스터 재질인 블라우스는 주황빛, 콜드블루, 커피색, 짙은 회색 따위 색깔별로 여러 벌이 가지런하다. 그림을 그리는 누군가와 작고한 유명 디자이너도 똑같은 디자인의 옷을 여러 벌 쟁여두고 번갈아 입었다던데 나는 그 정도는

이허와 저저의 밤

아니지만 같은 옷이 꽤 여러 벌 있는 편이다. 이 버릇이 든 것은 언제쯤이었을까.

요즘은 거의 인터넷 쇼핑몰에서 옷을 산다. 온라인이다 보니 입어보고 살 수 없다. 배송을 받아보고 나서야 내게 어울리지 않는다는 것을 눈치를 챈다. 그러다 보니 입어본 상표나 디자인, 같은 재질의 옷을 고르는 일이 잦다. 비슷한 형태의 옷들 중에서도 각 브랜드에 따라 사이즈나 형태, 재질 따위가 다르다 보니 더 그렇다. 수많은 디자인과 상표 중에 고른 제품이 내 몸과 마음에 들면 기억했다가 그 브랜드의 옷을 다음에도 찾는다. 입어보고 사지 않아도 대부분 맞으니 검증되었다고나 할까, 샀던 곳에서 다시 사는 편이다. 그러다가 예전에 샀던 옷 중에 정말 마음에도 들고 입기에도 편한 옷이 떨이하듯 마감 세일을 하는 날에는 하나 더 사고 싶은 마음을 떨치지 못한다. 마트에서 덤을 얹어 파는 상품처럼 보여 사지 않고는 못 배긴다. 어떨 때는 횡재하는 느낌마저 든다. 이런 유혹에 못 이기거나 유용성을 따져 산 옷이 대부분 두 벌인 것이다.

옷장 정리를 하다 보면 계절이 다 가도록 한 번도 입지 않고 그대로 정리 절차에 들어가는 옷이 많다. 여름엔 에어컨 바람 때문에 긴팔을, 겨울엔 과도한 난방으로 짧은 소매 옷을 입는 따위의, 철에 맞게 입지 않는 세태 탓도 있지만, 쇼핑이 편해진 까닭도 있으리라. 인터넷에서 팔지 않는 것이 없고 클릭 몇 번과 간편 결제로 상품 대부분을 사다 보니 더 그럴 것이다. 언젠가부터 인터넷 세상에서는, 한 번이라도 쇼핑몰에 다녀오면 다른 페이지를 열어도 이 페이지를 오기 전에 내가 검색하고 살펴봤던 물품의 사진이 홈페이지 여백에 빼곡하게 들어찬다. 그럴 때면 내 행동과 취향이 누군가에게 감시라도 당하는 양 무섭다.

귀신같이 내 취향을 알아채는 기술은 더 발달될 것임이 틀림없다. '견물생심'은 인터넷 세상에도 통하는 사자성어이지 싶다. 그러니 필요하지 않고 한 번도 입지 않고 사용하지 않는 상품들이 집마다 얼마나 많을까. 홈쇼핑 방송까지 합치면 그 양은 더 많아질 것이 분명하다. 꼭 필요한 물품이 꼭 필요한 곳에 쓰이는 날은 아마 영원히 오지 않을지도 모른다. 신문 기사를 한 꼭지 읽으려 해도 주변에는 어김없이 배너 광고, 섬네일 광고, 문자 광고가 가득하다. 또한, 지역 신문의 기사를 클릭해서 읽고 백스페이스를 누르면 어김없이 광고 페이지로 연결된다. 처음에는 잘못 누른 줄 알고 당황했지만 그런 상황이 되풀이되다 보니 요즘엔 으레 두 번 연속 클릭으로 신문 홈페이지를 찾아가는 실정이다.

어느 인터넷 쇼핑몰의 캐치프레이즈는 '사는 게 즐겁다'이다. 얼핏 한 번 읽으면 사는 것이 삶을 뜻하는지, 구매 행위를 말함인지 혹은 둘 다를 포함하는 문장인지 분명치 않다. 시시하고 유치한 말장난처럼 보이지만 이 문구야말로 작금의 세태를 극명하게 나타내는 문장임이 틀림없다고 생각한다. 광고 문구는 그 시대를 사는 이들의 행태를 가장 잘 짚어내는 잣대가 아니던가. 우리는 바야흐로 사는 게 즐거운 시대에 사는 것이다.

끊임없이 생산하고, 쉼 없이 팔고, 죽을 때까지 소비하고, 두 벌,

세 켤레, 다섯 상자, 열 묶음, 백 두름이 될 때까지 재어놓는 인생의 종말은 어디일까. 생각하니 두려운 마음이 앞선다. 아무리 마음에 들어도 이제부터는 똑같은 옷을 사지 않으리.

두 만남

그녀와 약속을 한 날, 시간이 빠듯했다. 초등학교 앞, 택시 정류장. 여러 대의 빈 택시가 도로에 줄맞춰 손님을 기다린다. 외출하려 집을 나서는 늦은 오전 시간에 보는 낯익은 풍경이다. 몇몇의 기사가 퍼걸러 밑에 옹기종기 앉아 방담을 즐기는 중이었다. 그중에 하얀 머리칼의 늙수그레한 기사가 눈에 띄었다. 맨 앞에 정차된 택시로 다가서자 잽싸게 그가 다가와 운전석에 앉는다. 행선지를 말하고 나서 영재학교에 들어간 손자는 학교에 잘 다니고 있냐고 물었다. 그의 눈길이 룸미러를 통해 대번에 내 얼굴로 건너온다. 나는 웃으면서 그의 택시를 두어 번 탔다는 말을 했다. 언젠가 집으로 돌아오는 길에 퍼걸러 밑에서 쉬는 기사님을 봤다고도 했다. 반가운 마음에 인사를 하려고 했지만 쑥스럽기도 하고 멋쩍기도 해서 아는 체를 하지 못했다는 내 말을 듣고 머리가 하얀 늙은 기사는 너털웃음을 터뜨렸다. 우리는 약속 장소로 가는 짧은 시간 동안, 영재학교를 다

이허와 저저의 밤

니는 손자가 상을 탔다는 이야기와 운전하면서 만난 사람들 이야기, 승객에게 길을 물어보는 기사가 있어 불편했다는 이야기, 라디오 뉴스를 듣고, 세상 돌아가는 상황에 서로 다른 의견을 보태는 따위의 이야기들을 나눴다. 택시비를 치르고 안전 운전 하라는 내 인사에 기사는 고맙다는 말과 함께 다음에 만나면 서로 아는 체를 하자면서 웃었다.

해가 바뀌기 전에 만났으니 그녀와의 만남은 거의 일 년 만이었다. 언젠가부터 우리는 명확하지 않은 이유로 거의 만나지 않았다. 간간이 들려오는 소식으로 안부를 알던 차에 얼굴을 보고 처리해야 할 일이 생긴 터였다. 우리는 만남의 간극도 잊은 채 소리 높여 웃었고, 톤을 높여 농담을 주고받았고, 우리가 알던 사람들의 안부와 각자 겪은 어려움을 이야기했다. 우리는 어둑해질 때까지 커피를 마시고 백화점에 들러 각자의 용무를 보고 이른 저녁까지 먹고 헤어졌다.

조지 오웰의 『1984』엔 '이중사고'라는 개념이 나온다. 현실 통제라 불리기도 하는 이중사고는 완전한 진실을 알면서 교묘하게 날조된 거짓말을 말하는 것, 말살된 두 개의 의견을 동시에 가지고 모순이라는 걸 알면서 그 둘 다를 믿는 것, 논리를 사용해 논리에 대항하는 것, 도덕을 주장하면서 도덕을 거부하는 것, 민주주의가 불가능하다고 믿으면서 당이 민주주의의 수호자라고 믿는 것, 잊어버릴 필요가 있는 것은 죄다 잊어버리고 필요할 땐 언제든지 다시 기억 속으로 끌어들였다가 다시 재빨리 잊는 것이다. 그런 세상은 둘 더하기

둘은 다섯이고 전쟁은 평화, 자유는 예속, 무지는 힘인 세상이다.

그녀는 참 여전했다. 제멋대로 누군가를 데리고 나오고, 마음에 들지 않은 사람의 뒷담화를 하고, 어리광을 부리듯 투정을 하고, 고맙다는 말은 생략한 채 부탁을 하고, 남의 노력을 무시한 채 시샘을 했다. 그녀의 편을 들며 맞장구를 치기도 하고 의견 일치를 본 상황도 물론 있었다. 허나 몇 번을 머뭇거리다 약속을 잡아서일까, 이야기를 하는 동안 잠깐씩 찾아오는 침묵이 있었다. 조지 오웰의 소설 속 인물들처럼 이중사고의 틀에 갇혀 진실을 감추는 이들같이 겉돌았다. 결국 그녀와의 만남은 반가움보다는 '부담'과 '여전히'와 재빨리 잊어야 할 기억으로 남았다.

집으로 돌아오는 길, 아침에 봤던 택시 정류장엔 한 대의 택시도 없었다. 길가에 세워놓고 무작정 승객을 기다리지 않아도 될 퇴근 시간이었으니 택시가 있을 리가 없었다. 머리가 센 기사의 얼굴과 그녀의 얼굴이 문득 떠올랐다가 사라졌다.

사람들을 남다르고 특별하게 만드는 것은 오롯이 시간의 힘이 아닐지도 모른다. 눈빛 마주침의 횟수가 늘어날수록 서로의 마음이 넓어지고 깊어지는 만남이 있는가 하면 세월의 테가 더해짐에 따라 쳐내야 할 사득다리 같은 만남도 분명히 있으니 말이다. 두 만남을 되돌아보는 내 얼굴에 쓸쓸한 미소가 흐른다.

이허와 저저의 밤

도킹

사람들은 이제 아무 때나 아무 곳이나 모이지 않는다. 수많은 이를 모아놓고 시답잖은 이야기를 하면 금세 네트워크를 타고 퍼져나가 진위에 상관없이 곤욕을 치르기도 한다. 혹은 몇 안 되는 사람들 앞에서 한 이야기가 순식간에 일파만파 퍼져나가는 경우도 있다. 뜻이 통하는 사람을 만나고 모으는 일은 우주선이 도킹을 하듯 어려운 일일지도 모른다.

며칠 전에 넬슨 만델라가 죽었다. 각국의 정상들은 앞다투어 남아프리카공화국으로 날아갔고, 잠시 분쟁을 잊고 악수를 나누었다. 더 이상 세상 전체를 아우르는 화두도, 사람도 볼 수 없는 각개전투의 시대에 그는 세상을 아우르는 한 줄기 빛이었다. 비가 오는 궂은 날씨에도 인종과 피부색을 막론한 수많은 이들이 모여 그의 길을, 그의 웃음을 기억하며 춤을 추고 그의 이름을 외쳤다.

만델라가 흑인 최초로 남아공의 대통령이 되어 폐지를 선언하긴 했지만 아직도 남아공의 아파르트헤이트(인종분리정책)는 여전하고 흑인들의 척박한 삶은 달라지지 않았다고 개탄하는 이들도 적지 않다. 한 사람의 힘으로 세상을 바꾸지는 못하지만 선한 의지를 가진 여럿은 여전히 소중한 힘이 되어 세상을 바꾼다. 만델라의 죽음 앞에서 흥에 겨운 춤사위를 멈추지 않는 수많은 사람들을 보면서 나는 만델라가 말한 '용서는 하되 잊지는 않는, 화해와 평등이 함께 춤추는 무지개나라'를 본 것 같았다.

요즘은 어디를 가든 아는 이를 많이 만난다. 터 잡고 산 세월 덕분이다. 뜻밖의 장소에서 반가운 이를 만나면 미소부터 나온다. 소설가의 특강을 들으러 간 교육청에서도 여지없이 아는 이를 만났다. 독서회 활동을 하면서 인연을 맺은 이들이었다. 우리는 서로의 안부를 확인하고 웃으며 악수를 나눴다. 독서회 문집을 엮는 일에 많은 도움을 받았던 일이 금세 떠올랐다. 기꺼운 마음으로 들어서였을까, 소설가의 강연은 다른 때보다 알찼다.

환승을 위해 내린 버스 정류장에서 누군가 아는 척을 한다. 소설을 쓰는 선생이다. 단아한 여인과 함께였다. 선생은 나를 소설 쓰는 아무개라고 소개한다. 더불어 선생은 내게 여인을 소개한다. 선생과 악수를 나누고 소개받은 여인에게 고개를 숙였다. 선생과 내가 몇 마디를 주고받는 동안 여인은 조금 멀찍이 물러섰다. 내가 탈 버스가 정류장으로 다가오는 게 보였다. 서둘러 작별인사를 나누고 버스를 탔다. 버스를 타러 오는 짧은 시간, 선생의 눈길이 등에 꽂힌다. 누군가에게 등을 보인다는 것의 의미를 생각할 겨를도 없이 버스에 몸을 실었다.

빈자리에 앉아 선생과의 만남을, 도킹을 돌이켰다. 그저 신기한 만남이라는 생각에 미소를 짓다가 아차 했다. 왜 나는 그저 버스를 타고 오기 급급했을까. 바쁜 일도 없고 버스는 기다리면 또 올 텐데 왜 선생에게 가까운 곳에서 차라도 한잔하자고 권하질 못했을까. 왜 선생을 먼저 보내드리지 않고 등을 보이며 먼저 왔을까. 선생보다 우리 집이 가까운 곳이었는데 말이다. 조금 늦은 저녁시간이었고, 날도 꽤 쌀쌀하고 추웠다는 따위의 여러 가지 까닭을 생각했지만 순전히 이것은 여유가 없는 내 성격 탓이었다. 자연스럽고 부드럽게 상황을 조율하지 못하는 평소의 습관이 고스란히 드러난 탓이었다. 내 등에 묻은 조급함을 선생에게 들킨 것만 같아 버스 정류장에서 집으로 오는 길이 편치 않았다.

수많은 이들을 한군데로 모은 넬슨 만델라의 힘은 강철 같은 군대도, 억세고 거센 정책도, 국민 위에 군림하는 힘센 정치가도 아닌 스무 해가 넘는 감옥 생활에도 천진하게 이를 드러내 웃는 그의 부드러운 카리스마 때문이리라.

아울러 특강을 한 작가가 말한 '문화'는 멀지 않다. 만남을 소중히 여기고 타인에게 등을 보이지 않는 것에서 시작되는 일일지도 모른다. 낯선 곳에서 누구를 마주치더라도 상황에 맞게, 편안하고 유연하게 모든 이를 대하는 날은 내게 언제쯤 올까. 그날이 정말 오래 걸리지 않았으면 좋겠다.

당신의 사생활

어떤 분야에서 이름을 알리는 일에는 적잖은 시간이 걸린다. 대중예술 분야에서 이름을 알린 이들을 우리는 '스타'라고 부른다. 여전히 관심의 척도인 인기를 먹고 산다는 그들은 오랜 기간 수련을 통해 이름을 얻기도 하지만 소위 '한 방'에 이름을 드높이기도 한다. 대중에게 노출되는 만큼 명예와 부를 얻어서일까. 작품 속에서 캐릭터로만 존재했던 많은 스타들조차 자신의 일상을 드러내기 시작했다.

그들은 더 이상 범접할 수 없는 존재들이 아닌 그저 평범한 이웃처럼 보인다. 아이들의 엉뚱한 요구에 땀을 흘리고, 요리를 하다가 실수를 하고, 곁을 지킨 가족들의 소중함을 새삼 돌이키기도 한다. 어찌 보면 특별할 것도 없는 연예인들의 일상을 들여다보다가 잠시 한숨을 쉰다. 어차피 카메라를 통해 걸러지는 그들의 모습에 열광하는 현상이 왜 생겼는지 생각한다.

이허와 저저의 밤

소위 '일반인'이라 일컬어지는 이들은 프로그램에 녹아들어 잔재미를 주고 리얼리티를 살리기도 한다. 이슈와 사건을 다루는 다큐나 숨은 스타를 찾는 오디션 프로그램이 아닌 곳에서 말이다. 연예인의 아이들을 비롯해서 사위, 며느리, 장모, 시어머니까지 출연해서 그들의 평범한 일상을 고스란히 드러낸다. 각본대로 움직이는 연예인들보다 계산적이지 않은 그들의 행동은 공감을 얻는 정도가 다르다. 많은 시청자들의 눈과 귀가 쏠리자 비슷한 포맷을 가진 프로그램이 여럿 생겼다. 미디어 환경이 바뀌면서 경쟁해야 하는 새로운 방송국이 생기고 늘어난 방송 시간을 채울 프로그램이 필요한 시점에서 어쩌면 당연한 일이었을 것이다.

급기야 일반인들로만 채워지는 프로그램이 생겨났다. 일주일 동안 같은 공간에서 사랑을 찾는 프로그램이 그것이다. 카메라에 길들여진 연예인들이 아닌 일반 출연자들의 각본 없는 풋풋한 애정행각은 관심을 끌었다. 적나라했던 이름이라 여겼던 '애정촌'은 세대가 다른 이들이 마음껏 사랑을 펼치는 멋진 마을로 보였다. 이름이 아닌 여자 몇 호, 남자 몇 호로 부르는 호칭도 점점 귀에 익었고 객관성을 담보한다고 생각하기에 이르렀다. 둘만 알아야 할 사랑의 추억이 적나라하게 방송되는 장면을 보며 낄낄거렸다. 어느덧 나는 누군가의 사생활을 기다리는 사람이 되었던 것이다.

며칠 전에 촬영을 끝낸 출연자가 돌이킬 수 없는 결정을 했다. 경찰 조사가 끝나지 않았지만 지금까지 드러난 정황은 출연자의 부담이 얼마나 심했는지를 보여준다. 자신의 사생활을 드러낼 각오를 한 출연자라 하더라도 내내 따라다니는 카메라를 견디는 일이 쉽지는 않았으리라. 자신의 사생활을 지켜내지 못한 자책은 삶의 의욕을 잃게 했으리라. 그동안 출연자들의 문제가 불거질 때마다 방송국의 미온적인 조치가 뒤따랐으나 이번 사건을 계기로 폐지한다고 하니 조금은 다행스럽다.

일거수일투족을 드러내는 사진이나 영상을 생산, 저장하는 일은 특별한 기술이 필요 없다. 찍은 사진으로 앨범을 만들고 영상을 편집하는 수고는 그저 핸드폰 버튼을 몇 번 누르면 해결된다. 사이버 세상에 둥지를 틀고 대문을 활짝 연 채 뭇사람들의 방문을 기다리는 이들도 많다. 사이버 이웃으로 교류하면서 서로의 자잘한 일상을 공유한다. 공개된 사생활은 네트워크를 통해 널리 멀리 퍼진다. 스스로 사생활을 내준 꼴이니 문제가 생겨도 자책을 할밖에 도리가 없을지도 모른다.

개인정보가 털려서 온 나라가 들썩인 때가 엊그제다. 개인정보가 더 이상 개인정보가 아니지 않느냐는 개탄의 소리마저 들린다. 이즈음 당신의 사생활은, 우리의 사생활은 잘 있는지 살펴볼 일이다.

이허와 저저의 밤

늦

1월 21일 토요일 오후, 한 통의 문자가 날아왔다. '저희 부친께서 금일 오후 1시 5분 지병으로 별세하셨습니다.' 갑작스러운 궂긴 소식에 마지막으로 선생을 뵀던 지난가을 즈음이 떠올랐다. 그때 선생은 친하게 지내던 이가 연달아 세상을 떠난 사실에 꽤 망연자실했음에도 곧 특유의 유머러스한 모습을 되찾아 모임을 활기차게 이끌었다. 식사를 마치고 선생은 가을비가 내리던 길속으로 발걸음을 떼면서 우리에게 다음 만남을 기약했다. 그때, 그 모습이 이승에서 선생을 본 마지막이었다니. 또한, 겨울이 오고, 연말연시에 바쁘다는 핑계로 그 흔한 문자도, 통화도 못 했는데 이렇게 가시다니 가슴이 먹먹하고 황망하기 그지없었다. 일요일 조문을 하고 집으로 돌아오는 내내 정초에 찾아뵙지 못한 것이 후회스러웠다. 또한, 선생과의 첫 만남과 그간의 일들이 기억을 뚫고 나와 내 한숨과 함께 머리를 맴돌았다. 나는 집으로 돌아와 선생과 우리의 추억이 담긴 인터넷 세상의 카페 '늦'을 찾았다.

늦, 미리 보이는 빌미. 앞으로 어찌 될 것 같은 징조라는 뜻의 우리말이다. 늦이라는 낱말을 안 것은 순전히 선생 덕분이었다. 선생과 나는 도서관에서 처음 만났다. 선생은 매주 화요일 오전, 도서관에서 글쓰기를 가르쳤다. 처음 강의가 시작되던 날, 조금 늙수그레한 선생은 자신의 이름을 소개하면서 우스갯소리를 던졌다. 이어 영문도 모르면서 영문과를 갔고, 신문 기자였다가 해직된 자신의 이력을 자조 섞인 목소리로 소개했다. 일주일에 한 번 선생의 강의를 들으며 나는 달곰새금한 글쓰기의 맛을 알아갔다.

어느 날, 선생은 '봄'을 주제로 글을 써 오라는 숙제를 냈다. '봄밤의 추억'이라는 제목으로 나는 아이와 생긴 에피소드를 되살려 글을 썼다. 내 글을 읽은 선생은 내 글에 치고 나가는 힘이 있다는 말과 함께 소설을 써보라 했다. 또한, 소설 쓰기 강좌가 새롭게 열리는 데 한번 와보라는 말씀을 하셨다. 그때까지 독자에 지나지 않던 내게 소설을 써보라는 선생의 말은 언감생심이라는 말과 같은 뜻이었다. 책을 읽는 소비자로 살던 이에게 갑자기 글을 쓰는 생산자가 되라니 뭔가 처지가 바뀌어도 너무 순식간에 바뀌는 느낌이었다. 설렘과 망설임을 동시에 안고 찾아간 소설학교에서 나는 소설 창작의 첫걸음을 뗐다.

지금도 가끔 창작 열기로 뜨겁던 소설학교가 떠오르곤 한다. 소설을 쓰고 싶어 모인 십여 명의 제자들은 선생의 지도로 글쓰기의 기본부터 배웠다. 단편소설에 나오는 인물을 탐구하고, 묘사와 서사

이허와 저저의 밤

를 살리는 작가만의 비법을 살폈으며, 플롯을 풀어헤쳐 해부하기도 했다. 더불어 문우의 작품을 합평하면서 낯을 붉히기도 했다. 소설학교를 졸업하면서 우리는 작은 문집을 냈다. 어설프고 두서없는 첫 작품이었지만 이 한정판 소설집은 선생과 우리가 일군 시간의 갈피였으리라. 이후 선생과 우리는 여느 졸업생과 제자처럼 멀어져갔다.

나는 살갑게 선생을 챙기는 제자가 아니었다. 아니, 그 반대였다. 무심하게 제 삶을 꾸리기 바빴다. 칼국수를 좋아하던 선생께 몇 번 사드린 게 고작이었다. 등단하고 소설집을 내고 작품 활동을 하느라 선생을 뵙지 못했는데 이렇듯 소식을 받으니 후회가 밀려온다.

선생이 가르쳐준 문장 수련의 기본, 즉 것, 수, 있다를 되도록 쓰지 말라는 말씀은 지금도 지키려 애쓰는 법칙이기도 하다. 그레고리 잠자가 주인공인 소설을 읽고 토론하고, 작중 인물인 성 중위의 심리상태를 살피던 일은 창작의 길에 들어선 지금도 잊지 못할 지침이 되어 나를 벼린다. 책 읽기를 멈추지 않았던 선생의 태도는 배우고 싶은 인생의 본보기였다.

취미를 넘어 전문가 수준이던 선생의 사진 찍기 실력은 언제나 우리를 향해 열려 있었다. 통도사와 송정 바닷가로 함께 떠났던 여정에서 선생은 제자들의 모습을 담아 늦 카페에 올리곤 했고, 사진 동호회원들과 전시회를 여는 따위의 활동을 게을리하지 않았다. 이제는 더는 선생의 유머와 사진을 들을 수 없고 만날 수 없다 생각하니 아쉽고 안타깝기 그지없다.

사람은 시간의 축을 산다 했던가. 그 축은 일직선이라서 결코 되돌아가지 못한다고도 했던가. 선생과 나는 이제 같은 시간의 축을 따라서 달리지는 못할 터. 올곧은 소설가의, 글지의 길을 묵묵하고 성실하게 가는 것이 선생의 가르침을 실천하는 길이겠지.

오늘도 나는 '늦'을 향해, 뭔가 어찌 될 것 같은 근원을 향해 낱말을 고르고 문장을 엮는다.

이허와 저저의 '한낮'

"왜 눈물이 날까?"

저저가 코를 훌쩍이며 이허 쪽으로 얼굴을 돌린다. 볼을 타고 흐른 눈물이 얼굴에 가득하다. 저저가 턱으로 갑 티슈를 가리킨다. 이허는 티슈를 한 장 뽑아 저저 쪽으로 내민다. 휴지를 받는 대신 저저는 얼굴을 이허 쪽으로 살짝 돌린다. 이허는 티슈를 잡고 조심스레 저저의 눈가를 톡톡 찍는다. 볼까지 흘러내린 눈물이 촉촉하게 티슈에 스며든다. 티슈에서 달콤한 양파 향이 은은하게 올라온다. 그 냄새를 잡기라도 하는 양 이허는 티슈를 손안으로 밀어 넣는다. 저저의 눈물이 섞인 양파 향은 잠시 이허의 손바닥 안에 머문다. 이허의 얼굴에 미소가 피어오른다. 희고 긴 손가락으로 이허는 머리칼을 넘긴다. 이마에 닿는 손가락 온도가 왠지 다른 것 같다. 차가운 것까지는 아닌데 그렇다고 따뜻하지도 않은, 분명 저저의 눈물 온도를 보태 살짝 올라갔을 것만 같은 느낌이다. 언젠가 바닥을 수놓던 빗방울 꽃에서도 맡았던 그 향기가 이허 곁을 가득 메운다. 저저를 처음 만나던 그날, 비 내리던 한낮의 기억이 가득하다.

*

횡단보도를 막 건너오는 순간 비가 시작되었다. 가속도가 붙은 빗줄기는 곤두박질치듯 내린다. 빗물은 반지름이 제각각인 원을 그리며 사방으로 튄다. 길 전체가, 아니 사위가 금세 물기를 품는다. 사람들의 몸놀림이 빠르게 횡단보도 양쪽 끝을 향해 퍼져나간다. 이허는 흩뿌리는 빗줄기를 온몸으로 맞으며 빗줄기가 만드는 동심원을 바라본다. 붉은 신호등이 도로의 물빛에 비쳐 어른거린다. 횡단보도가 텅 빈 광장처럼 휑하다. 이허는 횡단보도를 독차지하듯 걷는다. 이허가 지나간 도로에는 이미 자동차들이 가득하다. 차라락차르락 바퀴 소리가 쟁쟁하다.

몇몇이 편의점 처마에서 비를 긋는 중이다. 머리칼을 타고 뚝뚝 소리 없이 떨어지는 빗물은 어깨를 타고 내려와 팔뚝까지 흘러내린다. 여럿의 눈길이 이허의 몸에 닿는다. 두툼한 몸피, 이허의 실루엣이 적나라하게 드러난다. 이허는 편의점 안으로 들어선다.

"꽃이에요, 꽃!"

여자가 소리치며 바닥을 가리킨다. 짙은 빛깔의 편의점 바닥, 빗방울 자국이 보인다. 둥글고 끝이 파상형인 빗물 자국이 이허의 등 뒤 바닥에 나란하다. 여자는 휴대폰을 꺼내 바닥을 연신 찍는다. 이

이허와 저저의 밤

허는 아무 말 없이 우두커니 서서 여자를 본다. 이허와 눈길이 마주치자 여자는 웃으라는 듯 집게손가락으로 자신의 입술을 올린다. 이허가 오늘 면접을 볼 회사의 로고가 여자의 가슴 밑에서 찰랑거린다. 포니테일로 묶은 머리, 흰 셔츠, 검은 재킷을 입은 여자의 얼굴 밑으로 저저라는 이름이 보인다.

저저가 갑자기 이허가 쥔 휴대폰 쪽으로 손을 뻗는다. 저항하지도 못하고 이허는 휴대폰을 건넨다. 저저가 휴대폰 숫자판을 꾹꾹 누른다. 벨소리가 둘 사이에 흐른다. 저저가 휴대폰을 다시 건넨다. 저저의 체온이 담긴 휴대폰이 왠지 따뜻하다. 이허의 머리칼에서 김이 모락모락 피어오른다.

저저는 꽃 선물을 받았으니 다음에는 샴페인을 마실 차례라고 말했다. 돌아오는 화요일 저녁 일곱 시, 같은 편의점에서 만나자는 약속을 받아낸 후 저저는 편의점 밖으로 사라졌다.

저저를 다시 만난 화요일, 비는 오지 않았다. 저저는 이허를 만나자마자 샴페인 병을 흔들었다. 어둑한 하늘에 몽글몽글한 구름이 떠다녔다. 여름 끝에 만나는 하늘빛은 더욱 높고 짙다. 선득한 기운을 품은 바람이 저저의 머리칼을 흔든다. 이허의 마음도 바람을 따라 마찬가지로 저저의 곁을 맴돌았다. 길옆에 늘어선 벚나무 기둥 밑, 보랏빛을 품은 맥문동이 뽐내듯 다발로 피어 있었다. 몇 개의 횡단보도를 건너 이허와 저저는 정원처럼 꾸며놓은 공원으로 접어들었다. 몇몇 사람들이 벌써 자리를 펴놓고 어울리는 중이었다. 저저는 이미 봐둔 자리라도 있는 양 성큼성큼 걸었다. 이허는 그저 저저의 명을 받는 강아지처럼 저저 뒤를 졸졸 따랐다.

"내가 왜 꽃이라고 했는지 알아요?"

대답을 기다리는 이허 가까이 저저의 얼굴이 다가온다. 이허는 저저의 눈길을 피하고 만다.

"당신을 봤어요. 신호를 기다릴 때부터 말이에요. 비가 오는데 뛰지 않는 사람을 당신뿐이었어요. 신호등이 바뀌어도 당신은 뛰지 않더군요. 당신 뒤로 신호등이 보였어요. 빨간 신호등. 신호등 안 문득 사람이, 사내가 보였어요. 빨간 사각형 박스에 사로잡힌! 당신이 움직이자 신호등 안 사내도 함께 따라왔어요. 텅 빈 신호등 아래, 차도는 붉은빛과 빗물로 번들거렸어요. 당신과 사내는 저벅저벅 걸어 편의점으로 들어왔어요. 그런데 이상하죠. 갑자기 달짝지근하고 알싸한 향기가 편의점에 가득 찼어요. 당신이 움직일 때마다 등 뒤에 붙은 붉은 신호등 사내가 뚝뚝 떨어지는 게 보였어요. 그때마다 꽃냄새가 진동했어요. 겨우 정신을 차리고 말을 걸었어. 그날 당신은 꽃이었어. 붉디붉은 사내였어!"

방울방울 샴페인의 기포가 잔을 타고 올라간다. 이허의 고개도 함께 움직인다. 입술 끝에 달콤한 샴페인이 닿는다. 샴페인 잔 건너편 저저가 생글거린다. 저저가 입술에 남은 샴페인을 훔치듯 핥는다. 이허의 입꼬리도 올라간다. 붉은 뺨에 바람이 닿았다가 재빨리 달아난다. 그윽하고 깊은 밤이다. 밤하늘에도 구름은 마냥 희다.

이허와 저저의 밤

＊

"인제 그만 울어, 나머지는 내가 까놓을게."

이허는 양파를 까기 전 부엌 창문을 연다. 문틈 폭보다 더 큰 바람 한 줄기가 금세 저저의 몸을 훑는다. 이허가 바람을 담듯 눈을 크게 뜬다. 이허는 바람 속에 섞인 가을을 눈으로 맞는다. 소나기 쏟아지는 여름이 가고, 햇살과 국화, 코스모스가 피는 가을이 곧이다. 기꺼이 햇살에 몸을 묻어도 좋을 시간, 저저와 함께라면 더할 나위 없을 것이다.

"우리 놀러 갈까? 이번엔 나한테 다 맡겨. 가보면 아마 눈물이 날걸!"

좋다고 대답하는 저저의 목소리가 한층 더 높다. 이허는 저저가 반쯤 까놓은 양파의 껍질을 벗긴다. 하얀 양파의 속껍질에 이허의 눈길이 머문다. 서너 개의 양파 껍질을 까는 동안 이허의 눈에서는 눈물이 흐르지 않는다. 다만 맵싸한 냄새가 콧속으로 들어올 뿐이다.

이허는 양파를 까는 것이 결코 눈물이 아니라는 것을 안다. 양파를 까는 것은 바람이라고 저저에게 말해봤자 저저는 곧이듣지 않을 것이다. 바람이 하는 일 중에 제일 생산적이지 않으냐는 이허의 보충 설명도 믿지 않을 것이다.

이허는 양파를 통에 담고 돌아섰다. 부드럽게 구겨진 티슈가 식탁 한쪽에 보인다. 이허는 가만히 티슈를 코끝으로 가져갔다. 달콤한 양파 향은 바람을 타고 날아갔지만 저저의 눈물은 아직 티슈에 남아 촉촉하다. 이허는 티슈를 집어 든다. 이허의 길고 흰 손가락에 묻은 작은 물방울이 티슈를 다시 적신다. 티슈에 양파 향이 다시 스며든다. 문득 소나기처럼 이허와 저저의 곁으로 바람이 분다. 알싸한 가을을 닮은 양파 향이 바람에 가득하다.